刺客列傳

鄭問

【自序】從「戰士黑豹」到《刺客列傳》

從72年間在時報周刊連載「戰士黑豹」的超時空幻想到75年「鬥神」的復活，我之所以不斷嘗試新的題材和表達方式，是想藉著不同的畫技和故事背景呈現我對漫畫「新」的感覺，雖然每次運用不同的技巧、題材，每次在創作初期總有許多未知的挫折和困擾，不過那種使自己不斷突破往前衝刺的愉快感覺，遠遠超過了這些新問題帶來的困難。

譬如在《歡樂漫畫半月刊》連載的一系列短篇作品，像「最後的決鬥」等，使用的是西洋技法，作畫中採用了許多不同的材質：包括用肥皂、蠟燭來表現背景肌理；在這些作品裡的服飾，有些朋友認為是東洋服裝，在我把古代造型搬上漫畫新設定時，也不免有相同的看法；不過這些造型都是從歷代繪畫、雕刻而來，像「劍仙傳奇」中劍仙的服飾是採吳道子永樂宮壁畫上的仙人道服、狐仙寄居的大佛則是出自大定石佛中的普賢菩薩。

這12篇作品在刊載期間幸運地受到讀者們歡迎和漫畫界朋友鼓勵，不過在碰到史記「刺客列傳」這題材時，卻發覺以往的表現技法，都不適合表現刺客列傳所需要的意境：用沾水筆來畫則太硬，用水彩則又有點像中國樂曲中用交響樂來伴奏的不倫不類；因此停筆思考了一段日子，直到交稿期限緊迫，突然有了一個靈感——為什麼不以中國技法來表現中國人的故事？於是我開始拿起毛筆來描繪出心中的刺客形象，說來有趣，以往國畫課第一個打瞌睡的我竟然會從頭拿起筆來作畫；直到執筆作畫，我才體會到水墨獨特的味道實在難用其它畫材取代；也讓我確定了一點，就是：中國水墨的可塑性，相信在不久的將來，水墨將成為中國連環漫畫的主流之一。

在刺客的造型中最引人爭議的是豫讓的中性面孔，我當初設定的想法是為了襯出豫讓毀容後的犧牲和勇氣；屠狗的聶政總讓人想起肥胖的屠夫，我則把他重新塑造成武生形象引出他隱身市井的無奈，曹沫出場時的山崩地裂，則是虛構來加強戲劇效果；在刺殺行動裡我並不特意排斥熱血和武功，主要是想藉肅殺的氣氛來烘托出刺客們壯烈悲愴的胸懷；凡此種種，讀者若有心，可進一步欣賞司馬遷《史記》原文，當會另有一番情趣。

連環漫畫是一種結合文學戲劇與繪畫的綜合藝術，一樣的故事在不同的漫畫家手中，所呈現出來的作品都有他獨特的感情和理念，這也是漫畫家願意全神投入的原因，這本專輯前後共花了我一千五百個小時，若說以前的作品是我用「耐力」完成的，那麼「刺客列傳」則是我用「心」來畫的作品。

最後僅以此書獻給熱愛漫畫的讀者和從來不看漫畫的朋友。

鄭問一九八六、八、五於台北

【目錄】

序

從戰士黑豹到刺客列傳　鄭問

史記卷八十六

刺客列傳第廿六原典　漢／司馬遷

刺客列傳第一篇　曹沫

刺客列傳第二篇　專諸

刺客列傳第三篇　豫讓

刺客列傳第四篇　聶政

刺客列傳第五篇　荊軻

《附錄一》最後的決鬥

《附錄二》劍仙傳奇

編劇・分鏡・草稿・完稿

《紙上談兵・祕技公開》　陳雪蓮

維我漢繼五帝末流，接三代統（絕）業。周道廢，秦撥去古文，焚滅詩書，故明堂石室金匱玉版圖籍散亂。於是漢興，蕭何次律令，韓信申軍法，張蒼為章程，叔孫通定禮儀，則文學彬彬稍進，詩書往往閒出矣。自曹參薦蓋公言黃老，而賈生、晁錯明申、商，公孫弘以儒顯，百年之閒，天下遺文古事靡不畢集太史公。太史公仍父子相續纂其職。曰：「於戲！余維先人嘗掌斯事，顯於唐虞，至于周，復典之，故司馬氏世主天官。至於余乎，欽念哉！欽念哉！」罔羅天下放失舊聞，王跡所興，原始察終，見盛觀衰，論考之行事，略推三代，錄秦漢，上記軒轅，下至于茲，著十二本紀，既科條之矣。并時異世，年差不明，作十表。禮樂損益，律歷改易，兵權山川鬼神，天人之際，承敝通變，作八書。二十八宿環北辰，三十輻共一轂，運行無窮，輔拂股肱之臣配焉，忠信行道，以奉主上，作三十世家。扶義俶儻，不令己失時，立功名於天下，作七十列傳。凡百三十篇，五十二萬六千五百字，為太史公書。序略，以拾遺補闕，成一家之言，厥協六經異傳，整齊百家雜語，藏之名山，副在京師，俟後世聖人君子。第七十。

太史公曰：余述歷黃帝以來至太初而訖，百三十篇。

刺客列傳之一曹沫

曹沫，魯國人，因為有勇，臣事魯莊公。莊公喜歡有勇力的人，所以派曹沫當大將，和齊國交戰，結果三次都打了敗仗。魯莊公畏懼，因此獻上遂邑的土地，來跟齊國講和；但仍以曹沫為大將。齊桓公答應了，和魯國在柯這地方聚會，訂立盟約。

桓公與莊公在壇上訂立盟約後，曹沫卻拿著短劍要挾齊桓公。桓公左右的人，都不敢抗拒，問曹沫說：「你要什麼？」曹沫說：「齊國強，魯國弱，貴國侵略魯國，也太過份了。現在魯國城牆一被打壞，就要緊鄰齊國國界了。國君你也應該想一想呀！」……

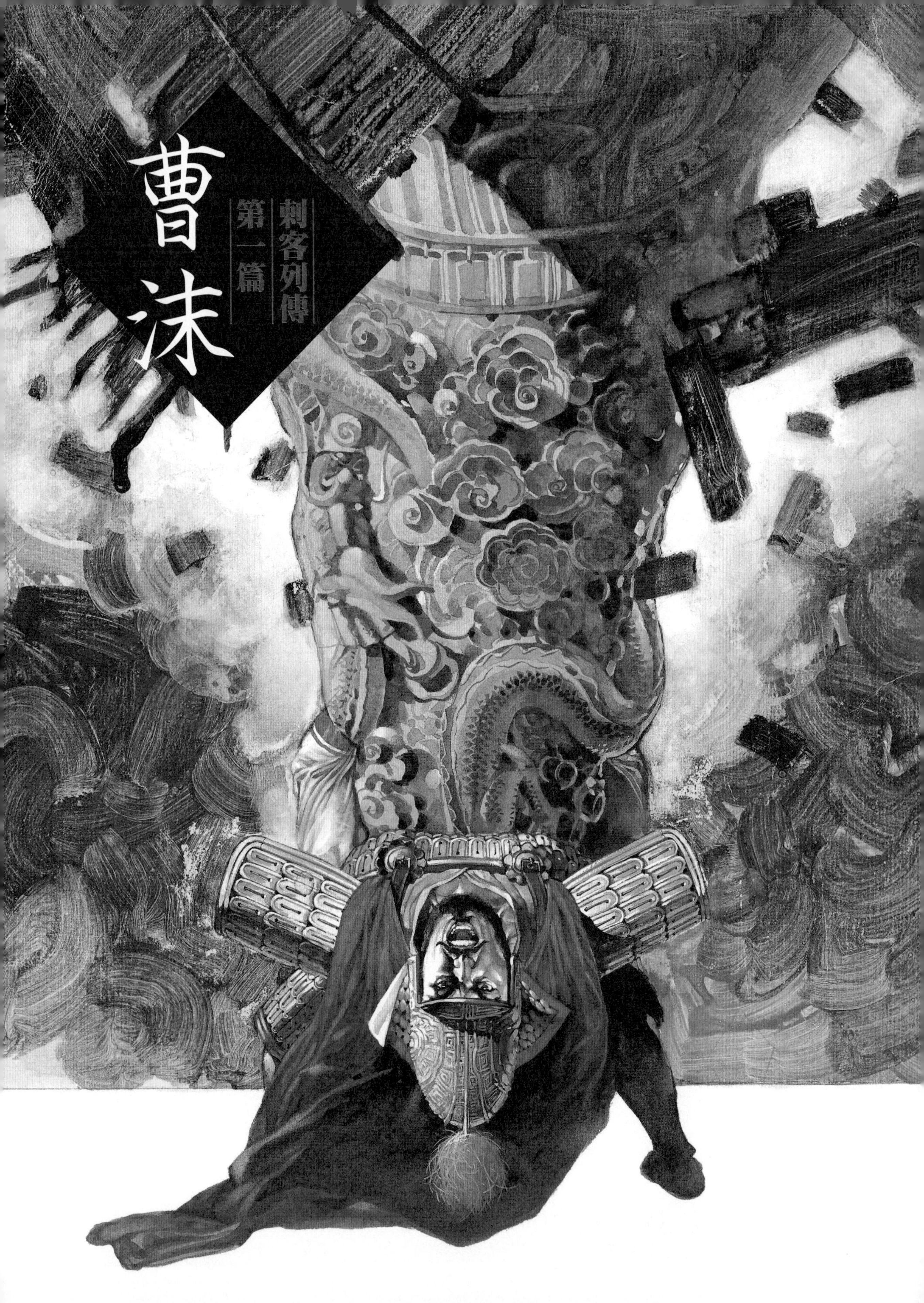

刺客列傳 第一篇

曹沫

恭喜兩位從百名勇士中脫穎而出，現在進行最後一道測驗：舉鐘！
是！
雖然魯國並不強大，魯莊公卻是喜歡有勇力的人，經常舉辦武魁大賽，藉此挑選勇士，派任官職，期望因而壯大國勢——
現在，又到了四年一度的武魁大賽高潮。
想不到力敗群雄最後，竟然是跟這瘦傢伙爭奪武魁，
唉——就算贏了也不光彩啊！
不過……。
武魁……。

我拿定了。
——魯莊公——
好，好，想不到我國竟然也有如此勇壯之士！
下一位！
一隻手？他這是什麼意思？
是看到巨鐘嚇傻了嗎？
？

校官他這是……？
回大王的話，看來他是想一手舉鐘！
什麼！一手舉鐘！
喝！
呼！！

哈！
哇！
山崩了，下面的人快跑啊！
哈…果真人不可貌相，看來武魁得主已經……

啊！
哇！
大家快跑啊！
轟⋯⋯
轟⋯⋯
哇！
曹沫

啊！
吔——
轟隆……
朕完了。
？

曹沫由於神力無比，救駕有功，於是被封為將，帶兵與齊國作戰——
?
可恨！到手的武魁飛了——

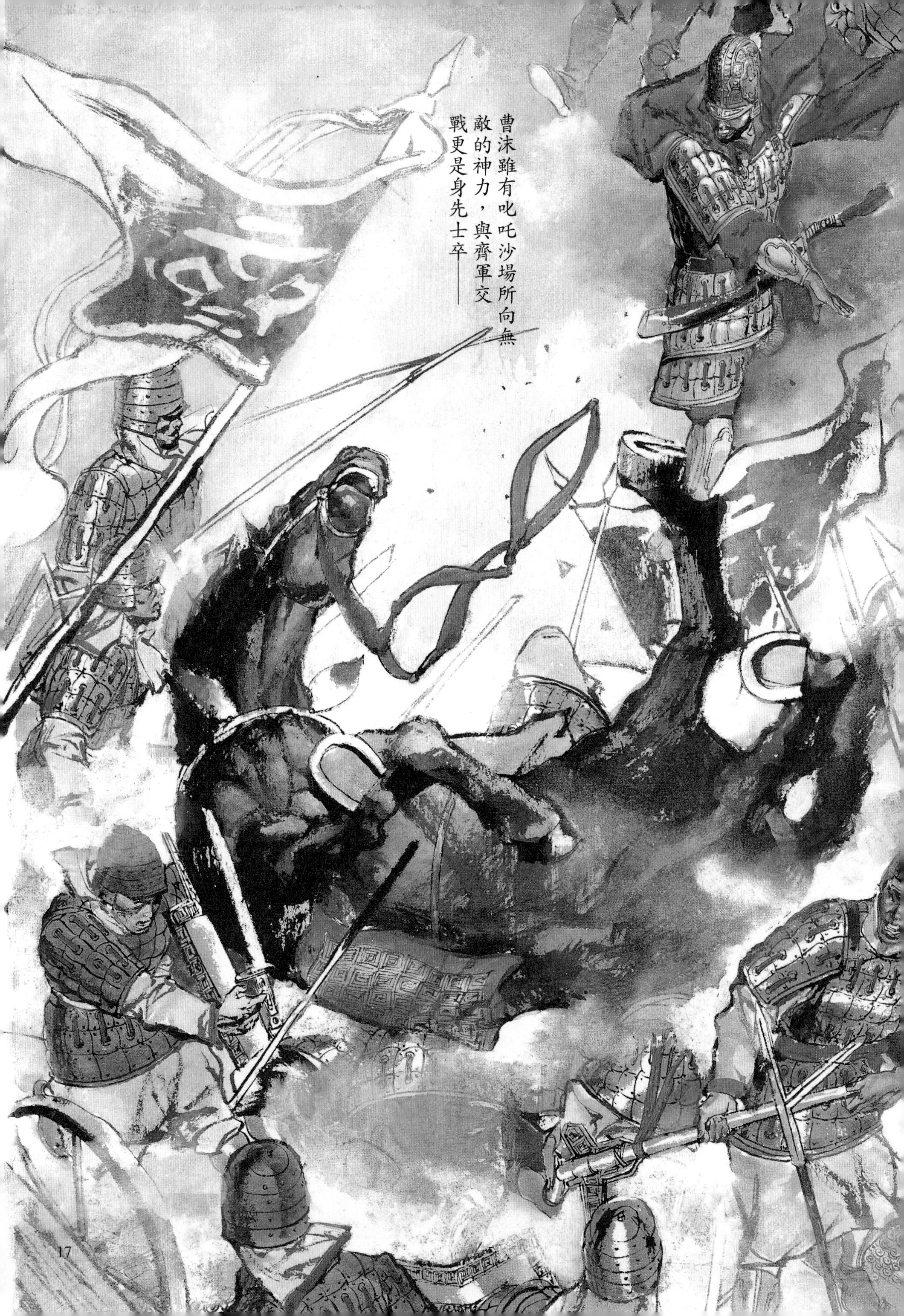
曹沫雖有叱吒沙場所向無
敵的神力，與齊軍交
戰更是身先士卒——

無奈齊國兵多將廣，曹沫終於還是連吃了三次敗仗——

兵敗的結果是：魯莊公答應獻出逐邑，並和齊桓公相約於柯，同意兩國和解，並且結為盟國。

齊桓公答應了魯國的要求，來到柯——

齊桓公
莊公身後的可是貴國大將曹沫？
哦……是……啊——
……。
失敬、失敬，多謝曹大將軍才能使我軍連戰皆捷！
哈……
……。
好！好！齊魯兩國就此言和！
多謝桓公——

就在魯莊公剛步下台階之際，曹沫突然衝向齊桓公！
啊——
放肆！
呀！

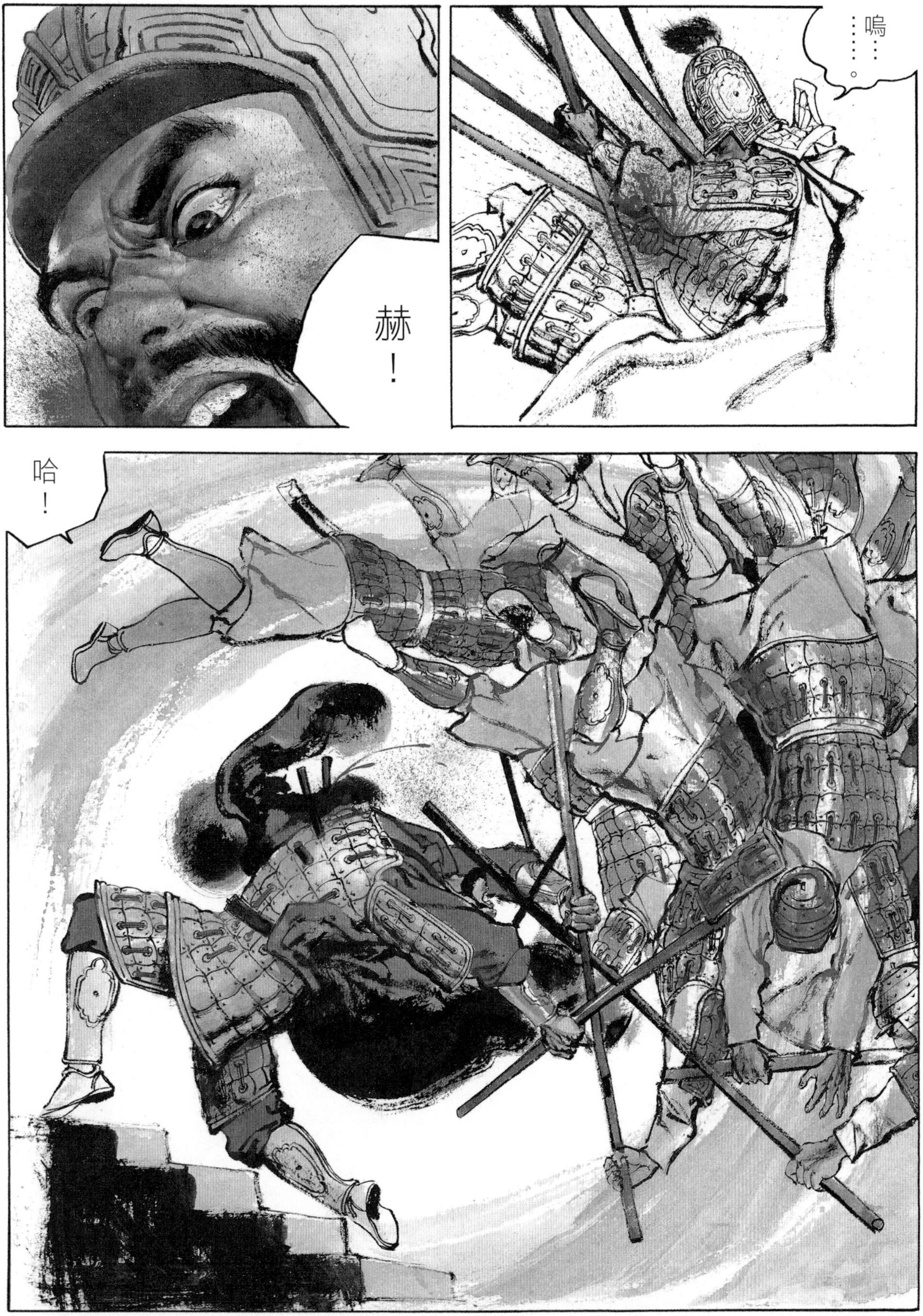
赫！
嗚……。
哈！

哇！
不要亂來！
你要幹什麼？
貴國強，魯國弱，所以貴國一再侵略魯國。
你想想，一旦魯國亡滅了，齊國沒有魯國來屏障，哪天另一個強國直接侵入的就是你齊國——這點道理你難道不明白？
唉！我把魯國原有土地奉還就是！

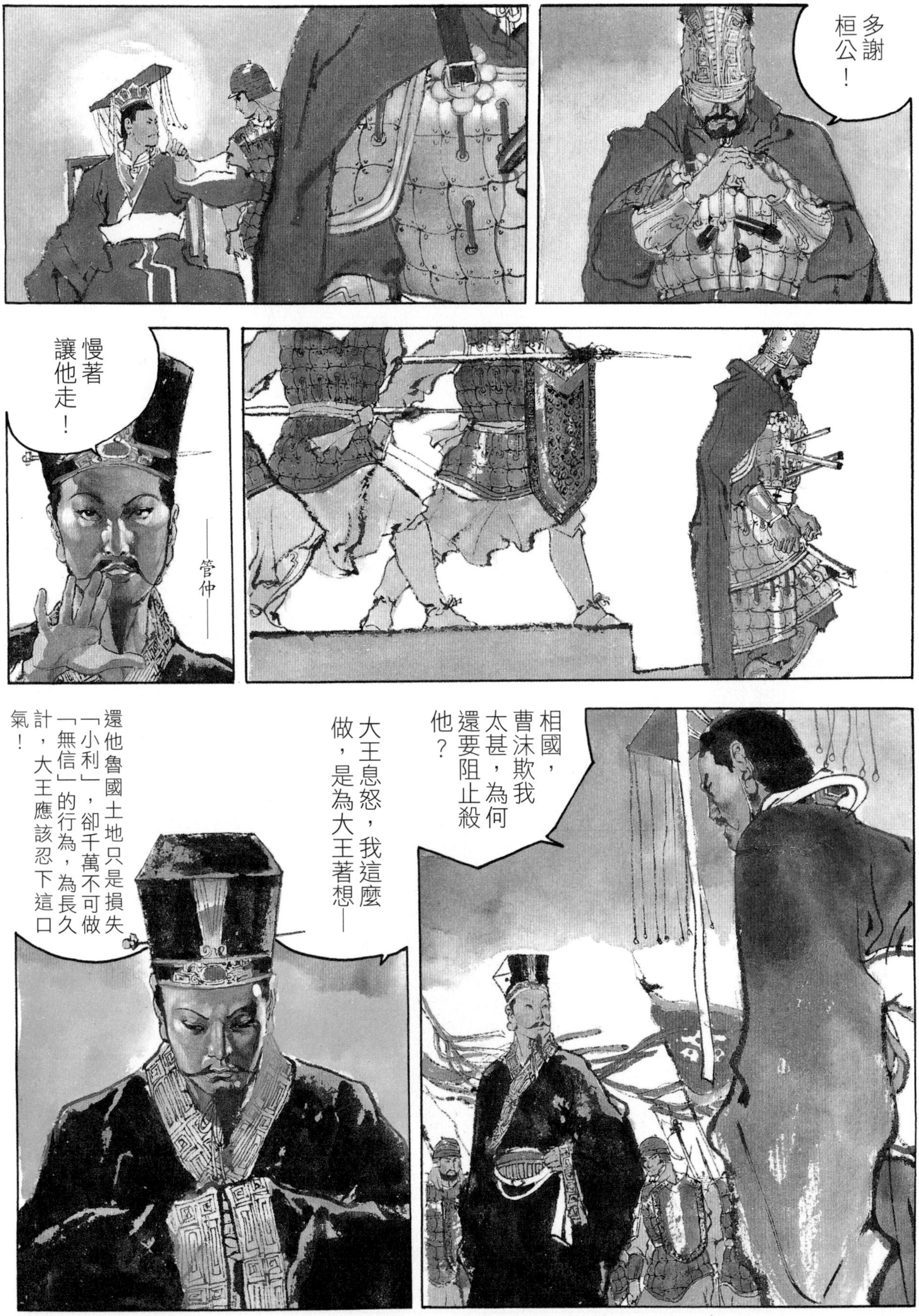
多謝桓公！
慢著讓他走！
管仲
相國，曹沫欺我太甚，為何還要阻止殺他？
大王息怒，我這麼做，是為大王著想——
還他魯國土地只是損失「小利」，卻千萬不可做「無信」的行為，為長久計，大王應該忍下這口氣！

哼！
曹沫在威嚇齊桓公後，依然站在群臣面前，面不改色、談笑自若！
而齊桓公也遵照約定，把佔來的土地全部歸還魯國！
過了一百六十七年，吳國又有專諸刺殺吳王僚的事件發生

曹沫

曹沫者，魯人也，以勇力事魯莊公。莊公好力。曹沫為魯將，與齊戰，三敗北。魯莊公懼，乃獻遂邑之地以和，猶復以為將。

齊桓公許與魯會于柯而盟。桓公與莊公既盟於壇上，曹沫執匕首劫齊桓公，桓公左右莫敢動，而問曰：「子將何欲？」曹沫曰：「齊強魯弱，而大國侵魯亦甚矣。今魯城壞即壓齊境，君其圖之。」桓公乃許盡歸魯之侵地。既已言，曹沫投其匕首，下壇，北面就群臣之位，顏色不變，辭令如故。桓公怒，欲倍其約。管仲曰：「不可，夫貪小利以自快，棄信於諸侯，失天下之援，不如與之。」於是桓公乃遂割魯侵地，曹沫三戰所亡地盡復予魯。

其後百六十有七年而吳有專諸之事。

刺客列傳之一專諸

公子光叩頭：「光的身子就是你的身子呀！」

四月丙子這一天，公子光預見埋甲兵在地下室裡，一面備好酒筵，請吳王僚來飲。吳王僚派他的兵士排成隊伍，從宮裡直到光的家中。所有門戶階沿左右各處，都是王僚自己的親戚，站在王僚兩旁擁護著，手裡都拿著長鈹。酒喝到盡興之後，公子光假裝說是腳痛，走到地下室，叫專諸的魚炙的腹裡放著匕首，端了進去。走到王僚面前，專諸擘開魚腹……

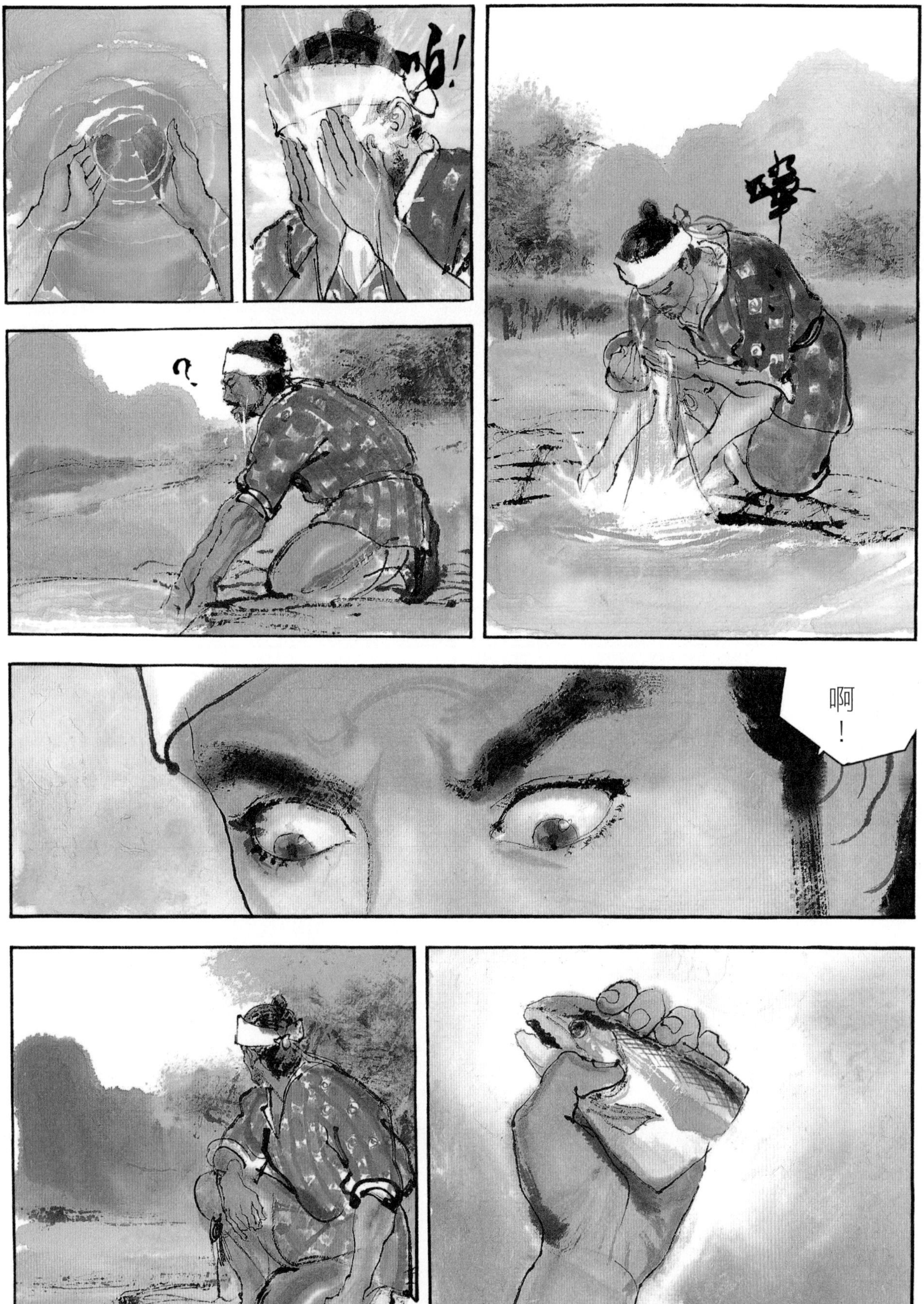
?
啊！

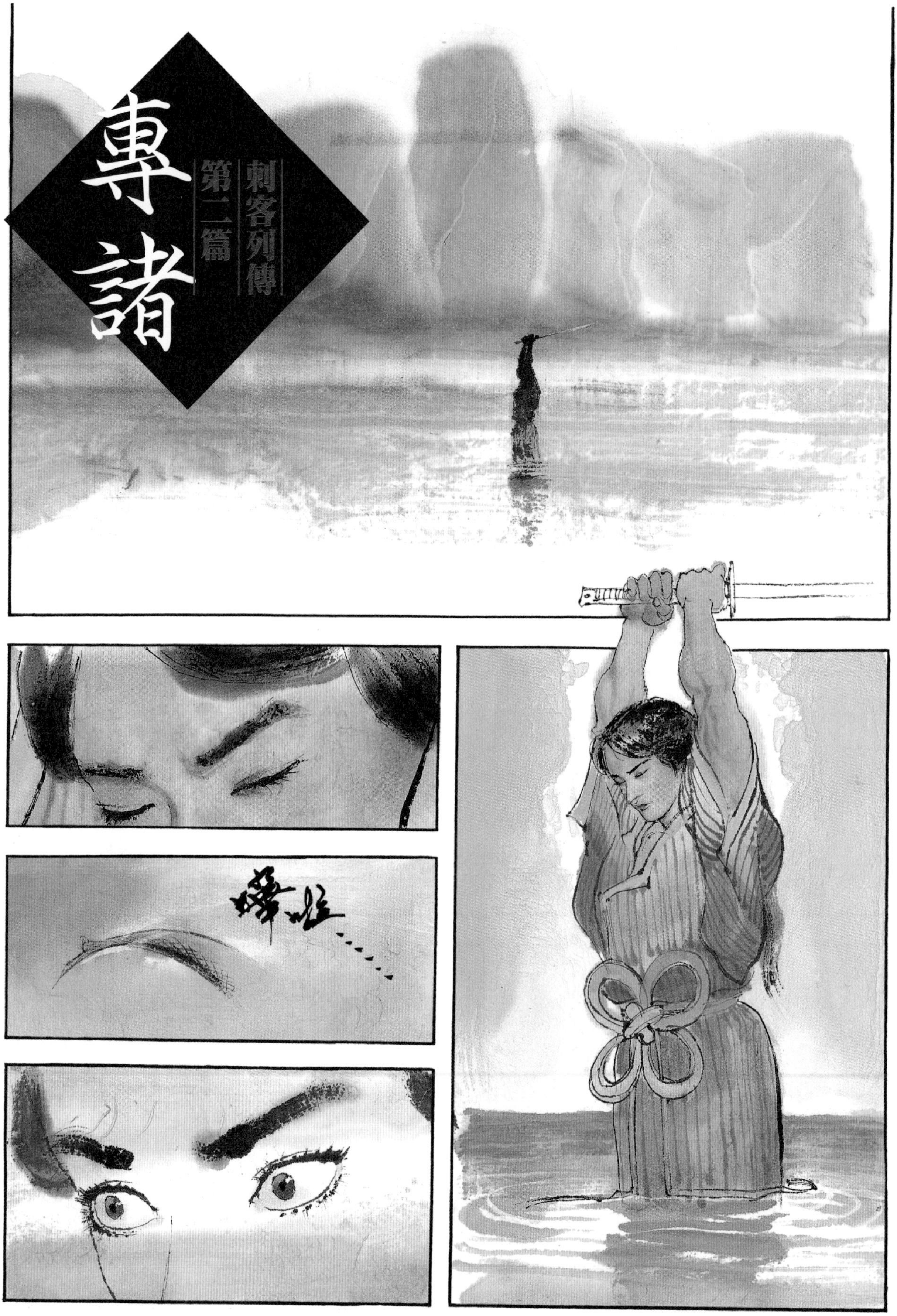
專諸
刺客列傳
第二篇
嘩啦……

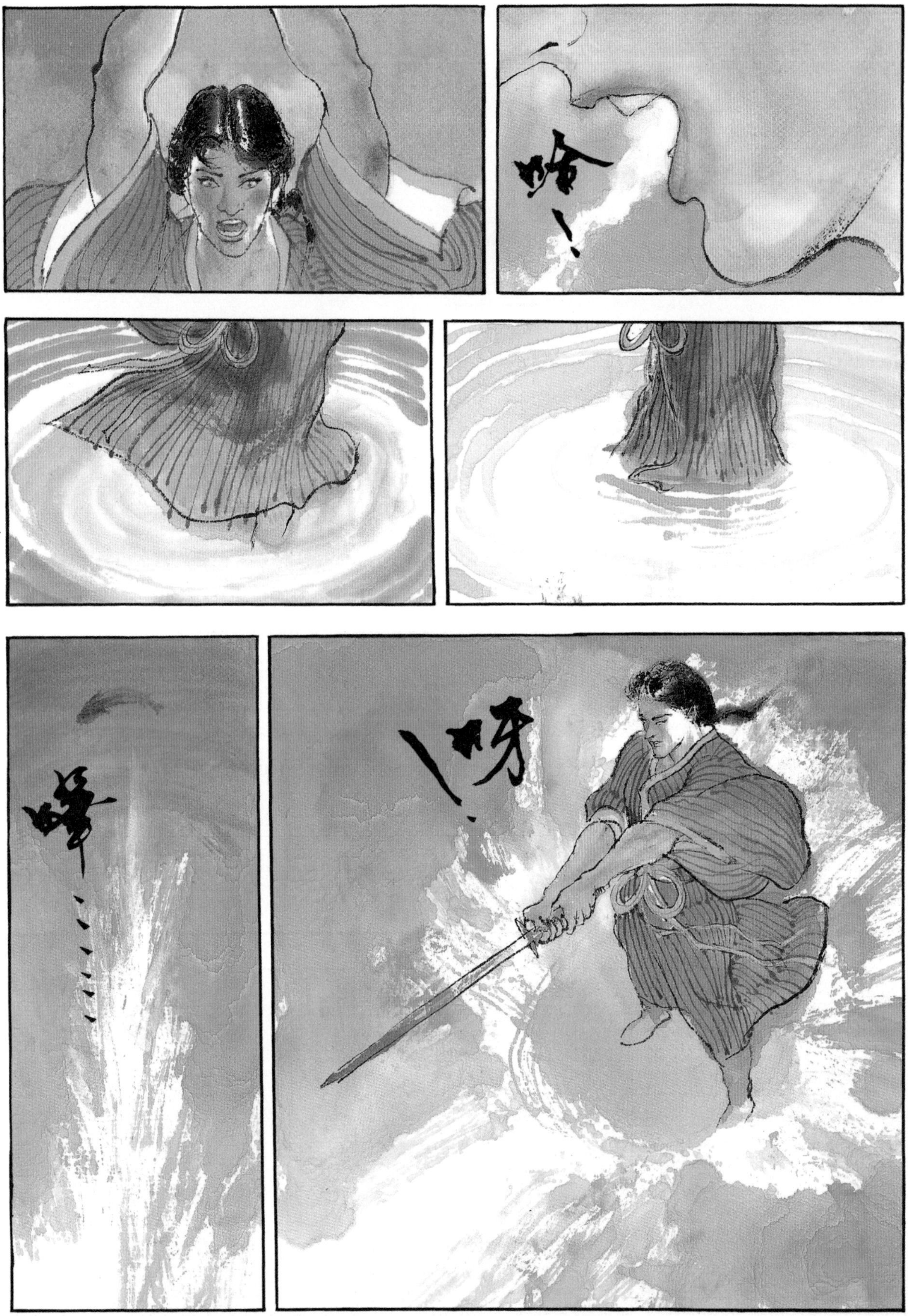
哈、、
嘩、、、、、、
呀、、

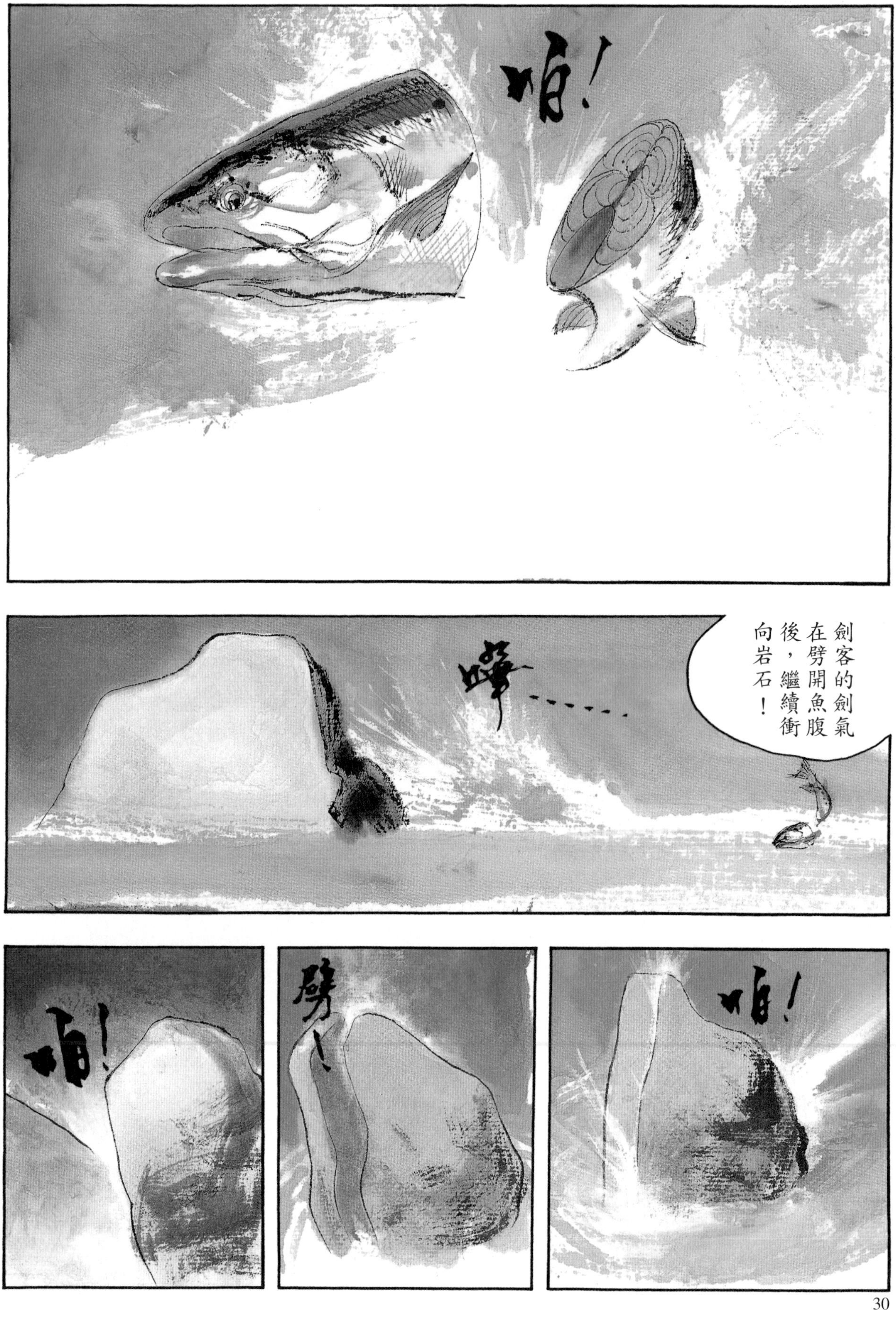
啪！
劍客的劍氣在劈開魚腹後，繼續衝向岩石！
啪！
劈！
啪！

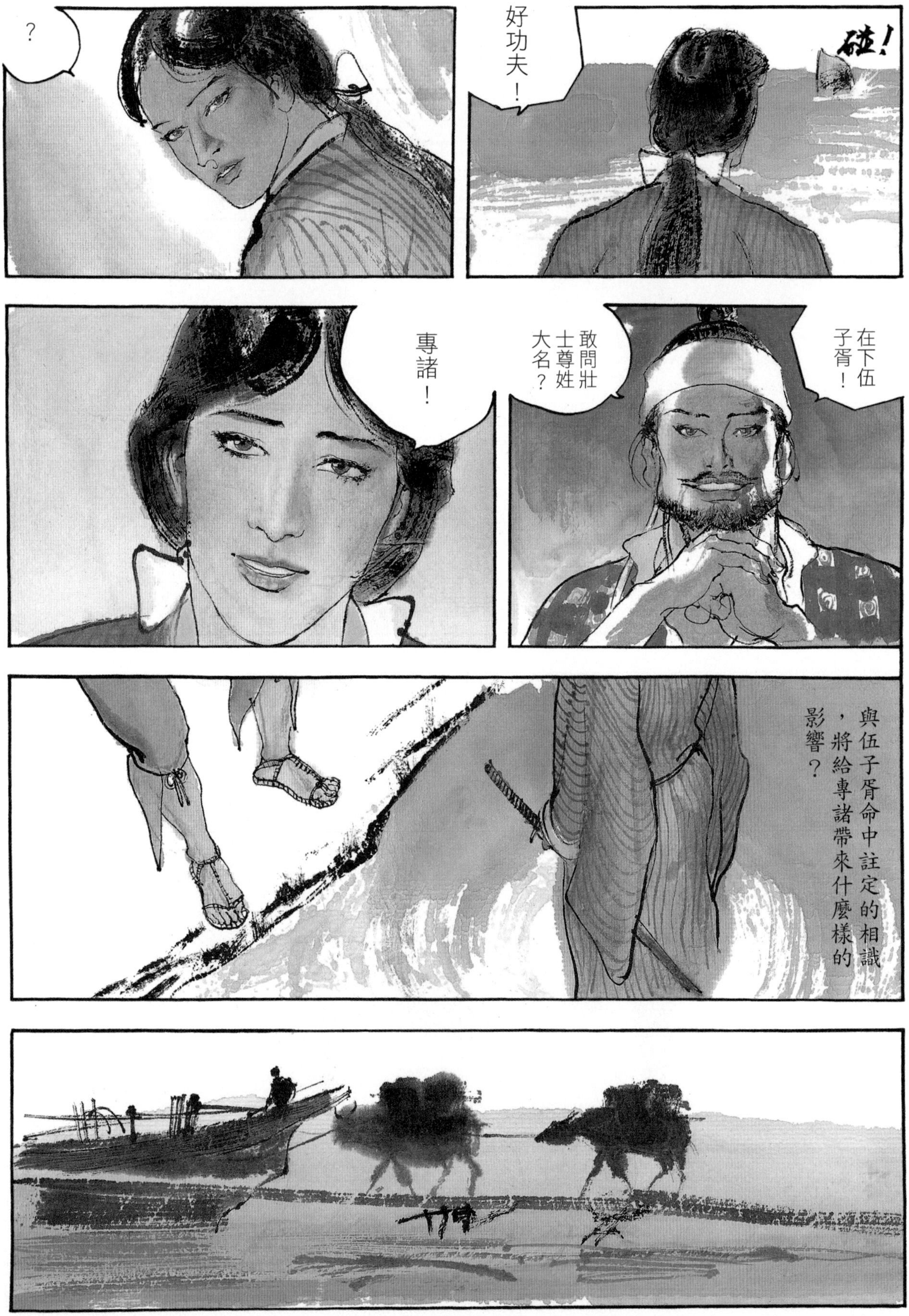
？
好功夫！
碰！
專諸！
敢問壯士尊姓大名？
在下伍子胥！
與伍子胥命中註定的相識，將給專諸帶來什麼樣的影響？

伍子胥從楚國逃亡到吳國，拜見吳王僚以後，用伐楚的種種好處來遊說吳王，卻遭到公子光的阻撓。
大王，伍子胥的父兄都死在楚王手裡，他勸您伐楚只是為報一己私仇而已，並非真為吳國著想啊！請大王三思！
伍子胥你走吧，別再煩朕了。
公子光將有內謀弒君的企圖，自然不能對他談論對外大事的啊！
於是伍子胥就把專諸介紹給公子光。

公子光得到專諸後，以客禮相待，視如上賓。

吳王僚九年，楚平王死了。第二年春天，吳王僚想乘楚國有喪事，派他兩個弟弟公子蓋餘、公子屬庸率兵圍攻楚國的灊地。
又派延陵季子到晉國去觀察諸侯國的動靜，卻被楚國發兵斷絕了後路，以致於吳國兵馬不能退返。

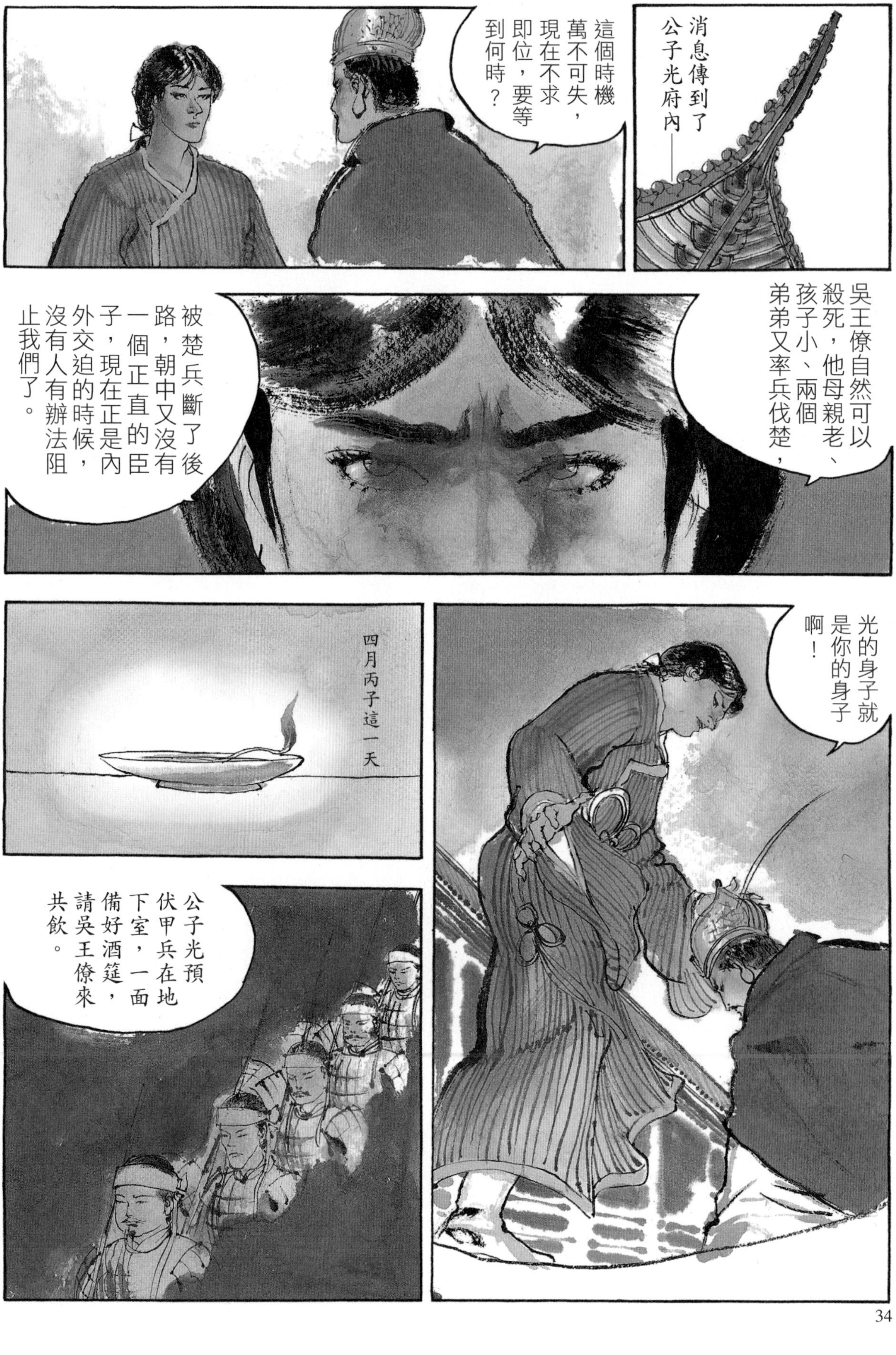
消息傳到了公子光府內——
這個時機萬不可失，現在不求即位，要等到何時？
吳王僚自然可以殺死，他母親老、孩子小、兩個弟弟又率兵伐楚，
被楚兵斷了後路，朝中又沒有一個正直的臣子，現在正是內外交迫的時候，沒有人有辦法阻止我們了。
光的身子就是你的身子啊！
四月丙子這一天
公子光預伏甲兵在地下室，一面備好酒筵，請吳王僚來共飲。

吳王僚派兵士從宮中排成隊伍，一直連到公子光的家中。
酒過三巡，公子光佯裝腳痛，先行離席。

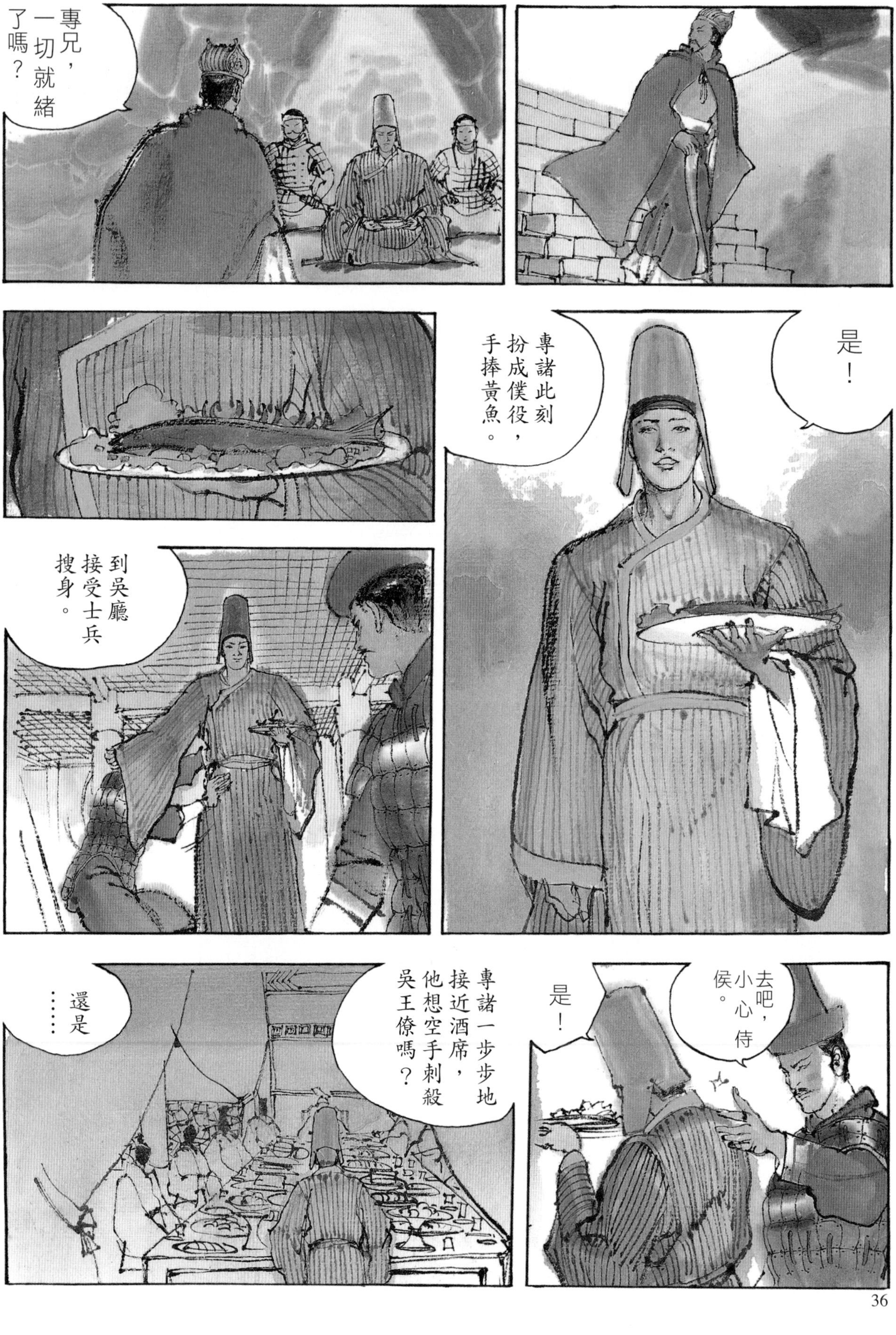
專兄，一切就緒了嗎？
專諸此刻扮成僕役，手捧黃魚。
是！
到吳廳接受士兵搜身。
去吧，小心侍侯。
是！
專諸一步步地接近酒席，他想空手刺殺吳王僚嗎？
還是……

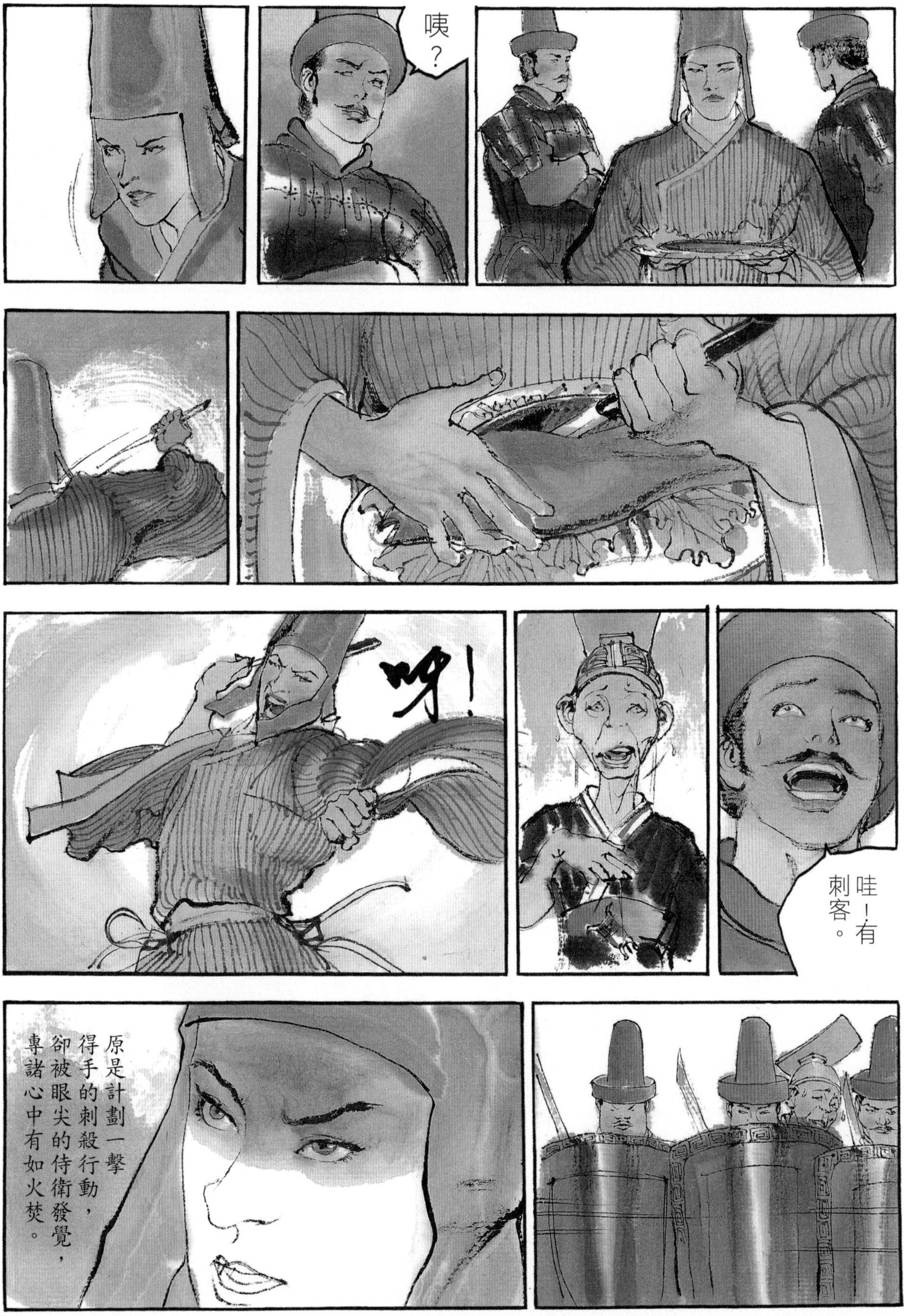
咦？
呀！
哇！有刺客。
原是計劃一擊得手的刺殺行動，卻被眼尖的侍衛發覺，專諸心中有如火焚。

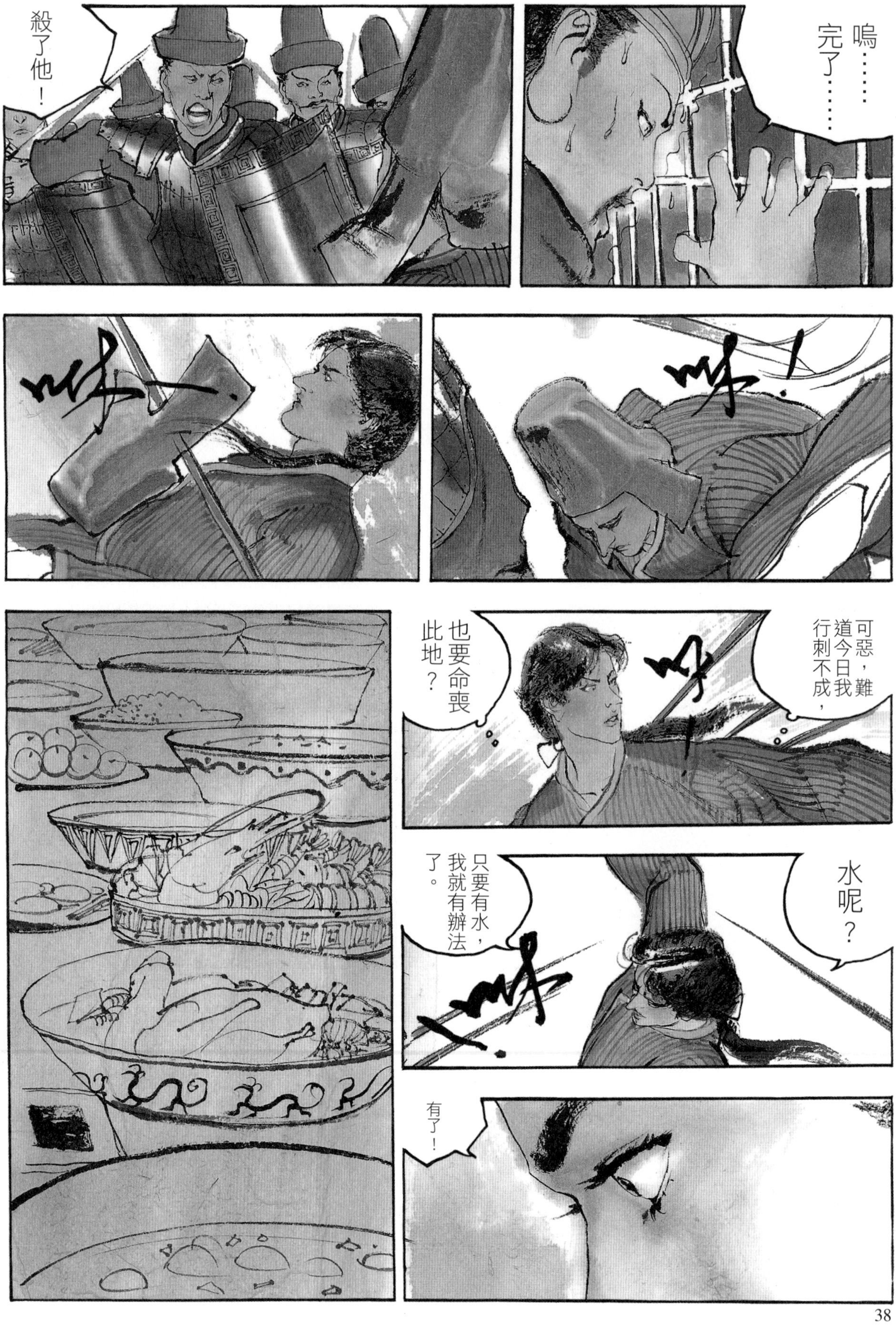
殺了他！
嗚……完了……
可惡，難道今日我行刺不成，
也要命喪此地？
水呢？
只要有水，我就有辦法了。
有了！

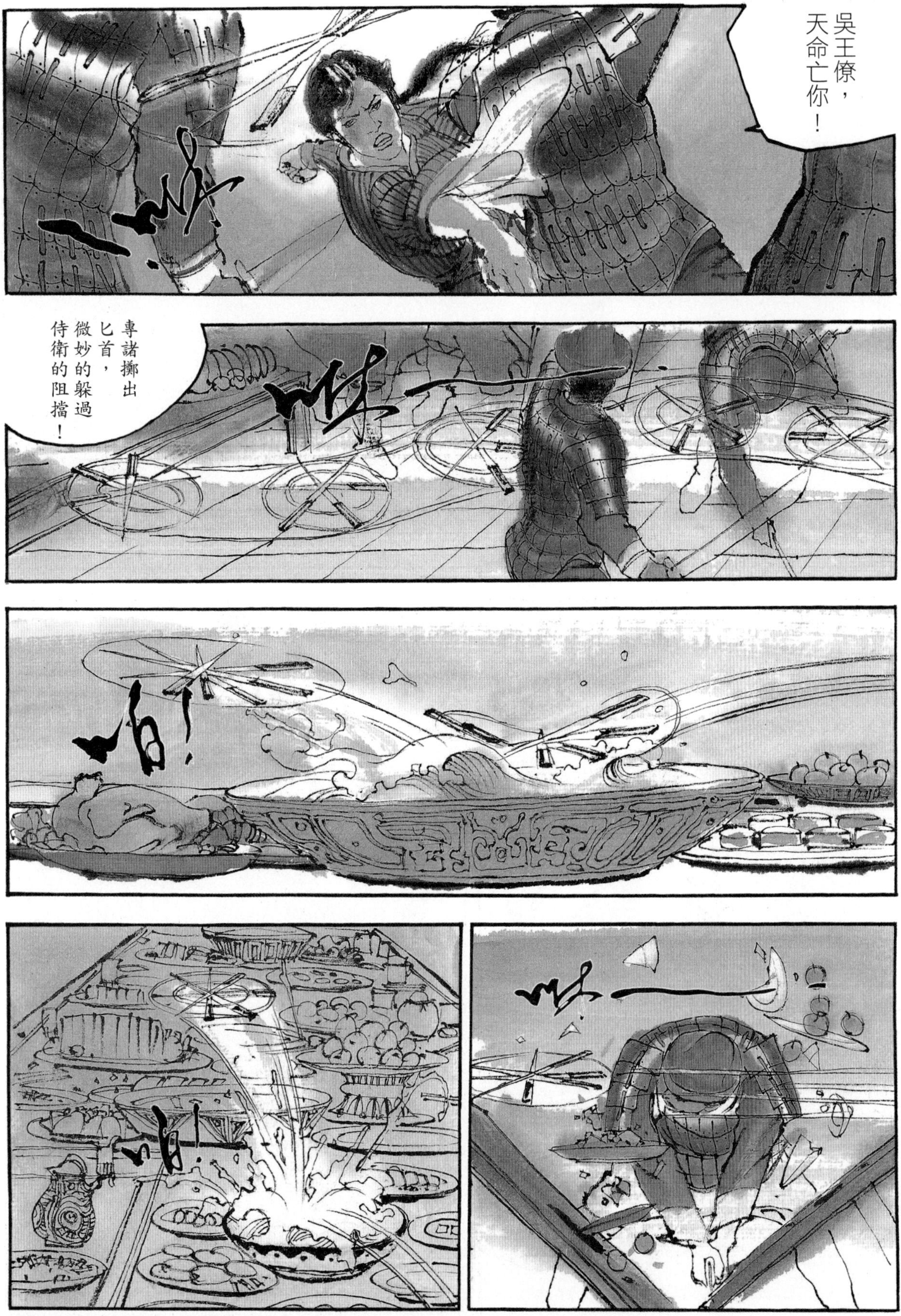
吳王僚，天命亡你！
專諸擲出匕首，微妙的躲過侍衛的阻擋！

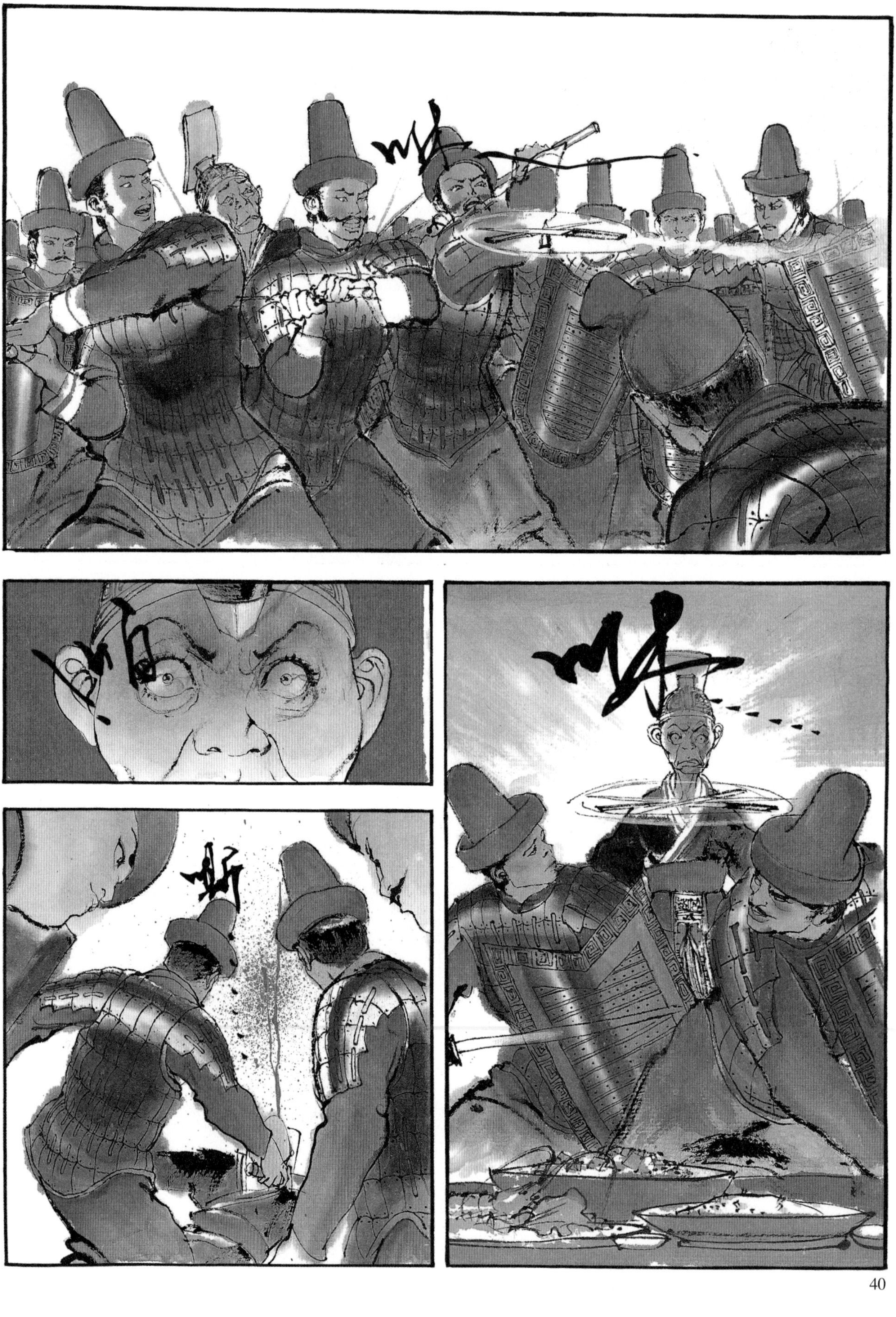

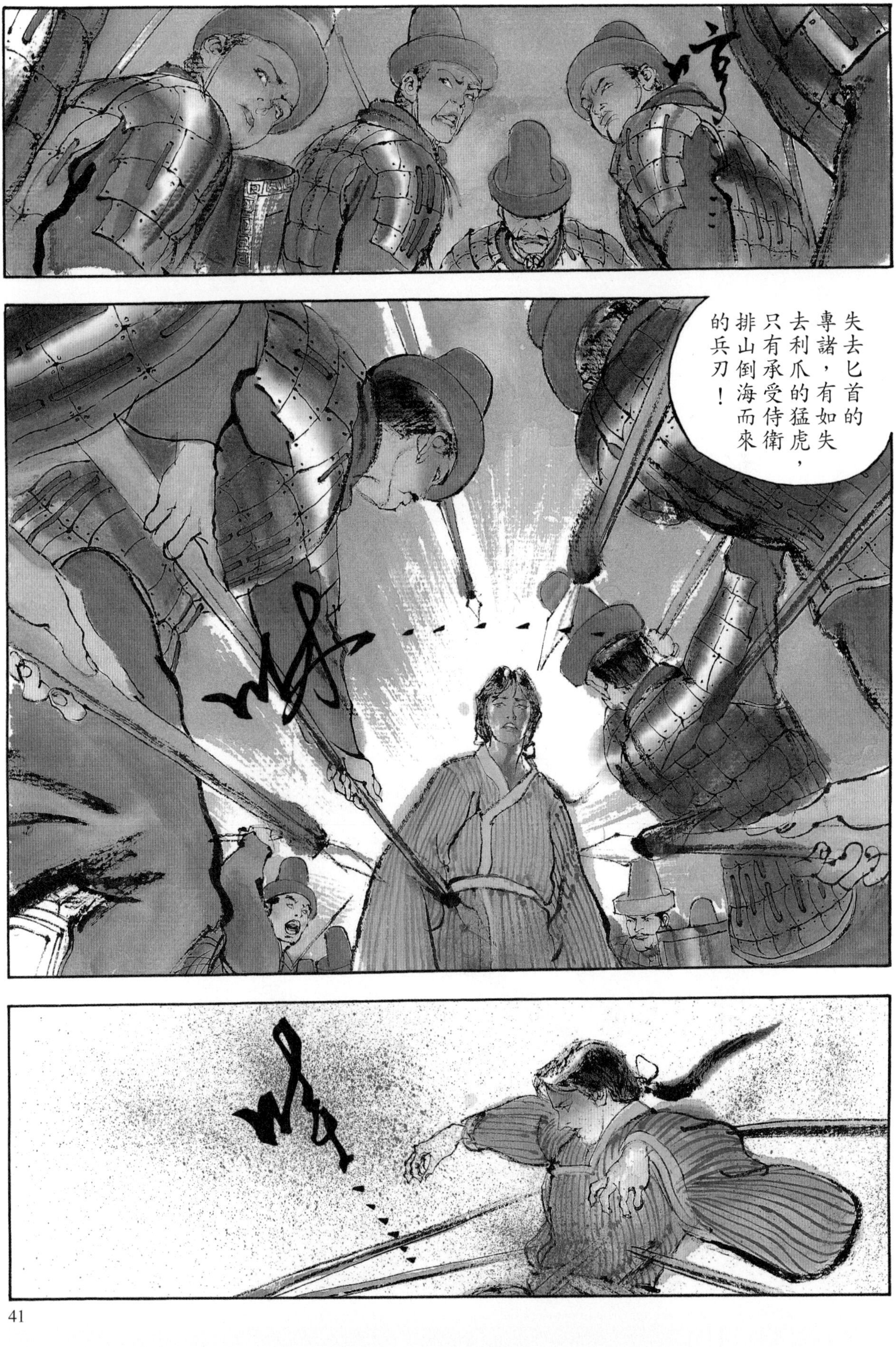
失去匕首的專諸，有如失去利爪的猛虎，只有承受侍衛排山倒海而來的兵刃！

吳王僚死後，王侯的侍衛恐慌大起，公子光出動預備的甲兵，把跟隨吳王僚的侍衛消滅了。
於是公子光自立為王——也就是闔閭。
闔閭即位後，封專諸的兒子為上卿。過了七十餘年，晉國才發生豫讓刺殺趙襄子的事件。

專諸

專諸者，吳堂邑人也。伍子胥之亡楚而如吳也，知專諸之能。伍子胥既見吳王僚，說以伐楚之利。吳公子光曰：「彼伍員父兄皆死於楚而員言伐楚，欲自為報私讎也，非能為吳。」吳王乃止。伍子胥知公子光之欲殺吳王僚，乃曰：「彼光將有內志，未可說以外事。」乃進專諸於公子光。

光之父曰吳王諸樊。諸樊弟三人：次曰餘祭，次曰夷眛，次曰季子札。諸樊知季子札賢而不立太子，以次傳三弟，欲卒致國于季子札。諸樊既死，傳餘祭。餘祭死，傳夷眛。夷眛死，當傳季子札，季子札逃不肯立，吳人乃立夷眛之子僚為王。公子光曰：「使以兄弟次邪，季子當立；必以子乎，則光真適嗣，當立。」故嘗陰養謀臣以求立。

光既得專諸，善客待之。九年而楚平王死。春，吳王僚欲因楚喪，使其二弟公子蓋餘、屬庸將兵圍楚之灊，使延陵季子於晉，以觀諸侯之變。楚發兵絕吳將蓋餘、屬庸路，吳兵不得還。於是公子光謂專諸曰：「此時不可失，不求何獲！且光真王嗣，當立，季子雖來，不吾廢也。」專諸曰：「王僚可殺也。母老子弱，而兩弟將兵伐楚，楚絕其後。方今吳外困於楚，而內空無骨鯁之臣，是無如我何。」公子光頓首曰：「光之身，子之身也。」

四月丙子，光伏甲士於窟室中，而具酒請王僚。王僚使兵陳自宮至光之家，門戶階陛左右，皆王僚之親戚也。夾立侍，皆持長鈹。酒既酣，公子光詳為足疾，入窟室中，使專諸置匕首魚炙之腹中而進之。既至王前，專諸擘魚，因以匕首刺王僚，王僚立死。左右亦殺專諸，王人擾亂。公子光出其伏甲以攻王僚之徒，盡滅之。遂自立為王，是為闔閭。闔閭乃封專諸之子以為上卿。

其後七十餘年而晉有豫讓之事。

刺客列傳之三豫讓

於是他便改換姓名，扮做一個犯罪受刑的奴隸，進入趙襄子宮裡，在廁所中做塗飾粉刷的工作。身上帶著短劍，想乘機刺襄子。襄子到廁所來，突然心驚肉跳，就命左右捉住審問那些塗飾廁所的奴隸，就是豫讓，身內藏著短劍……

過了不久，豫讓又塗漆使身體長滿惡瘡，吞炭使聲音變成沙啞，讓自己的形狀不能被人辨認出來，希望不會有人說：「你是豫讓嗎？」……

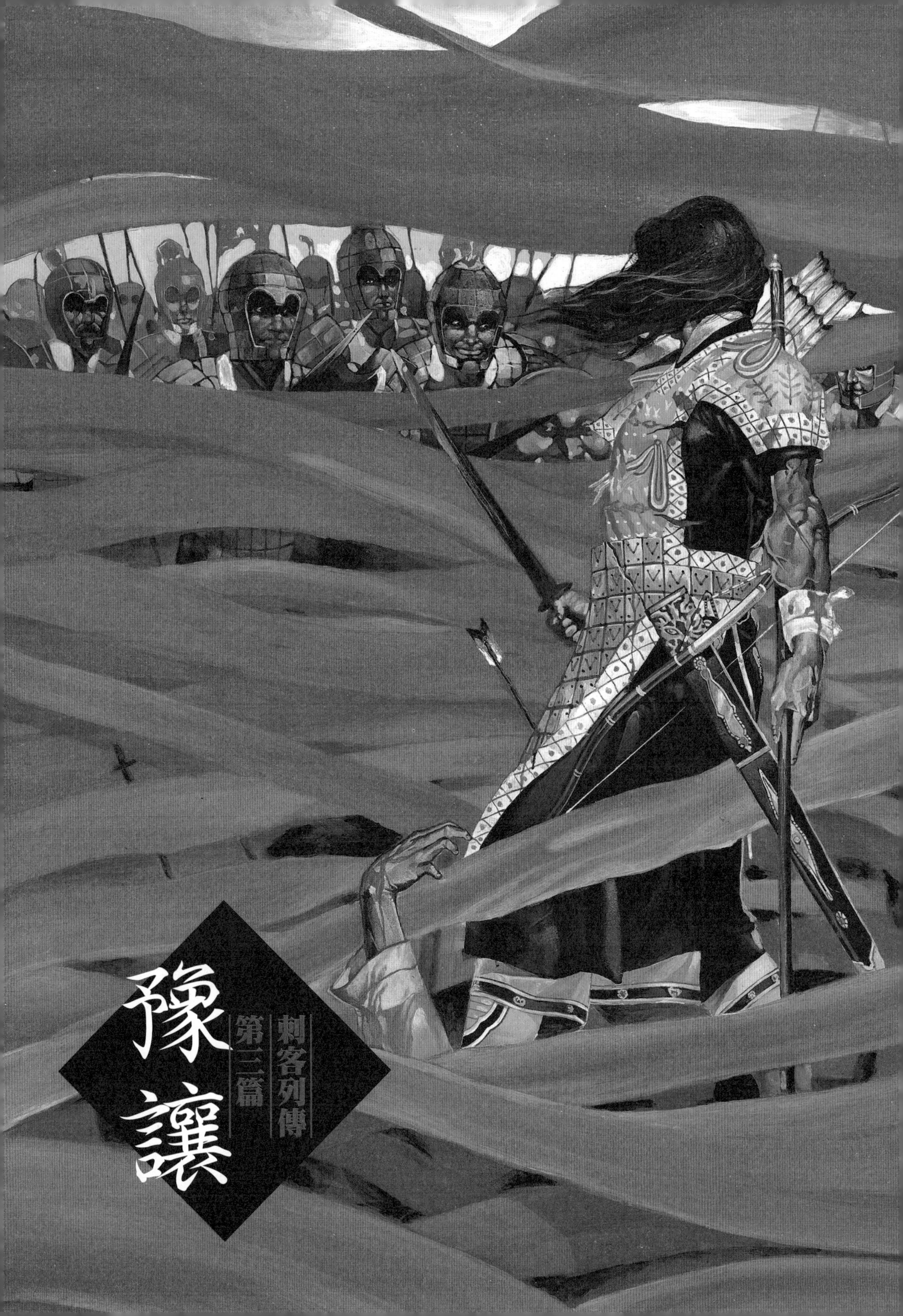
豫讓
刺客列傳
第三篇

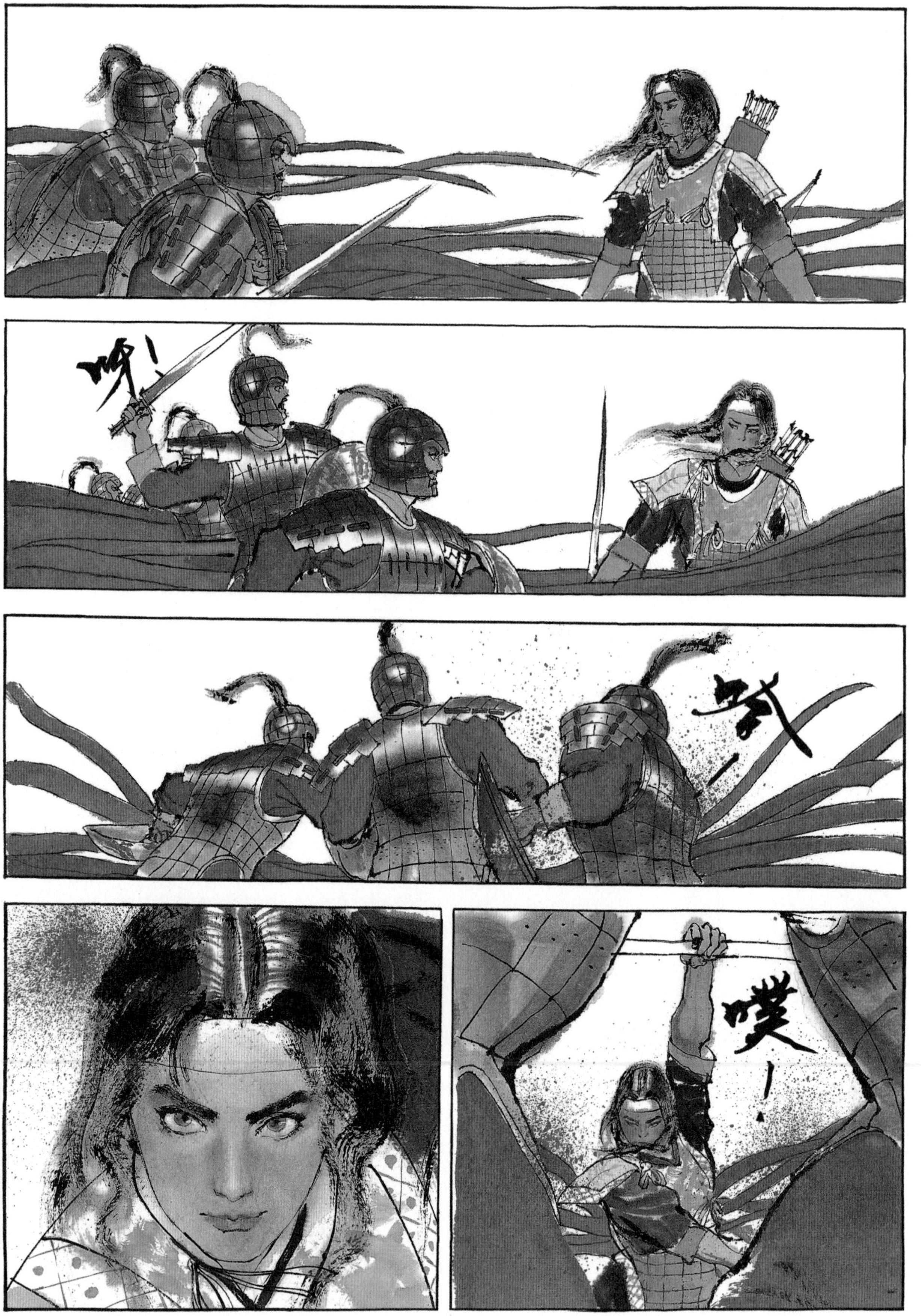
呼！
噗！

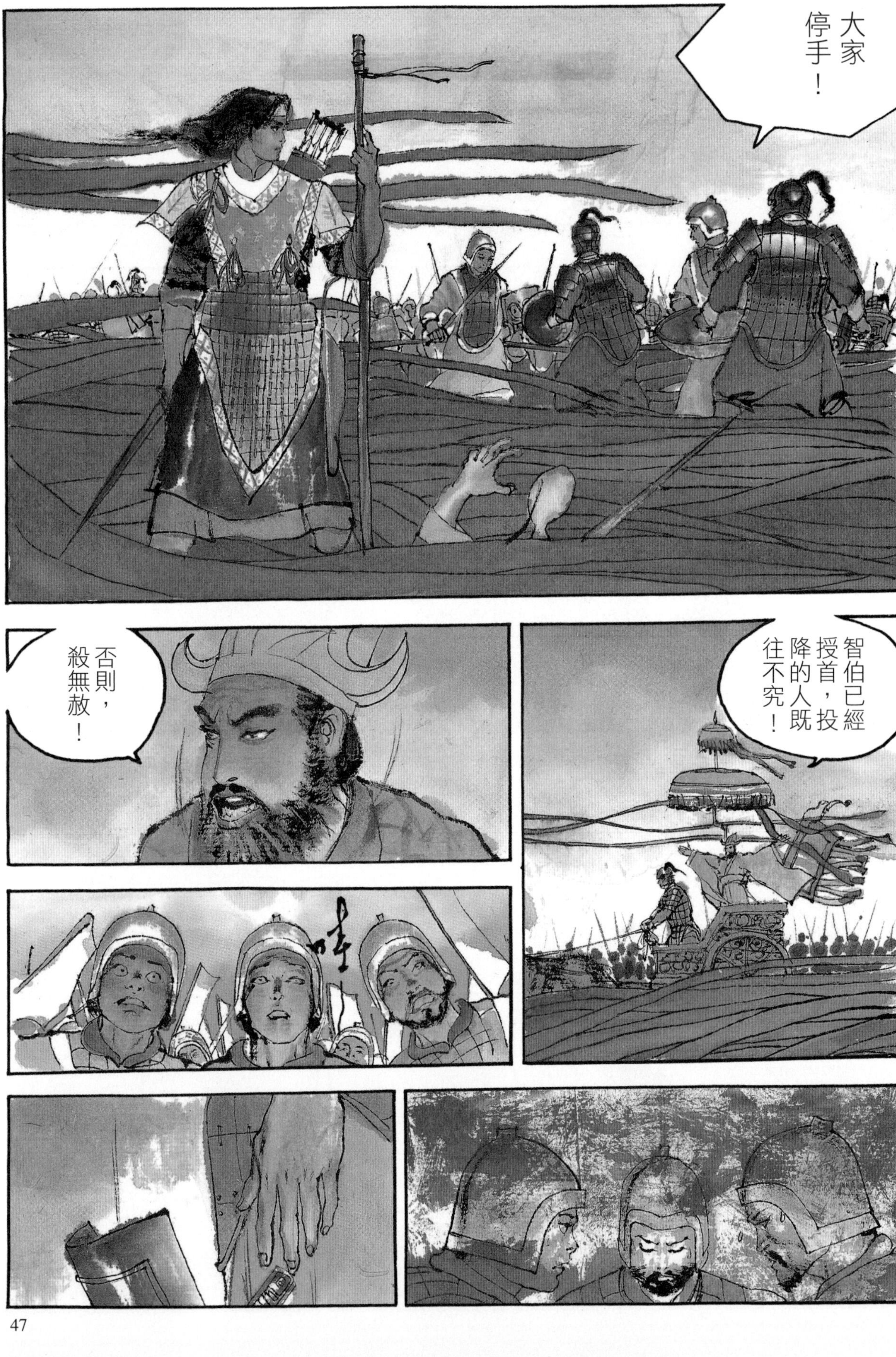
大家停手！
智伯已經授首，投降的人既往不究！
否則，殺無赦！
哇

噹！
大王萬歲！萬歲！
噹
萬萬歲！

啪!
可惡，別讓他逃了。

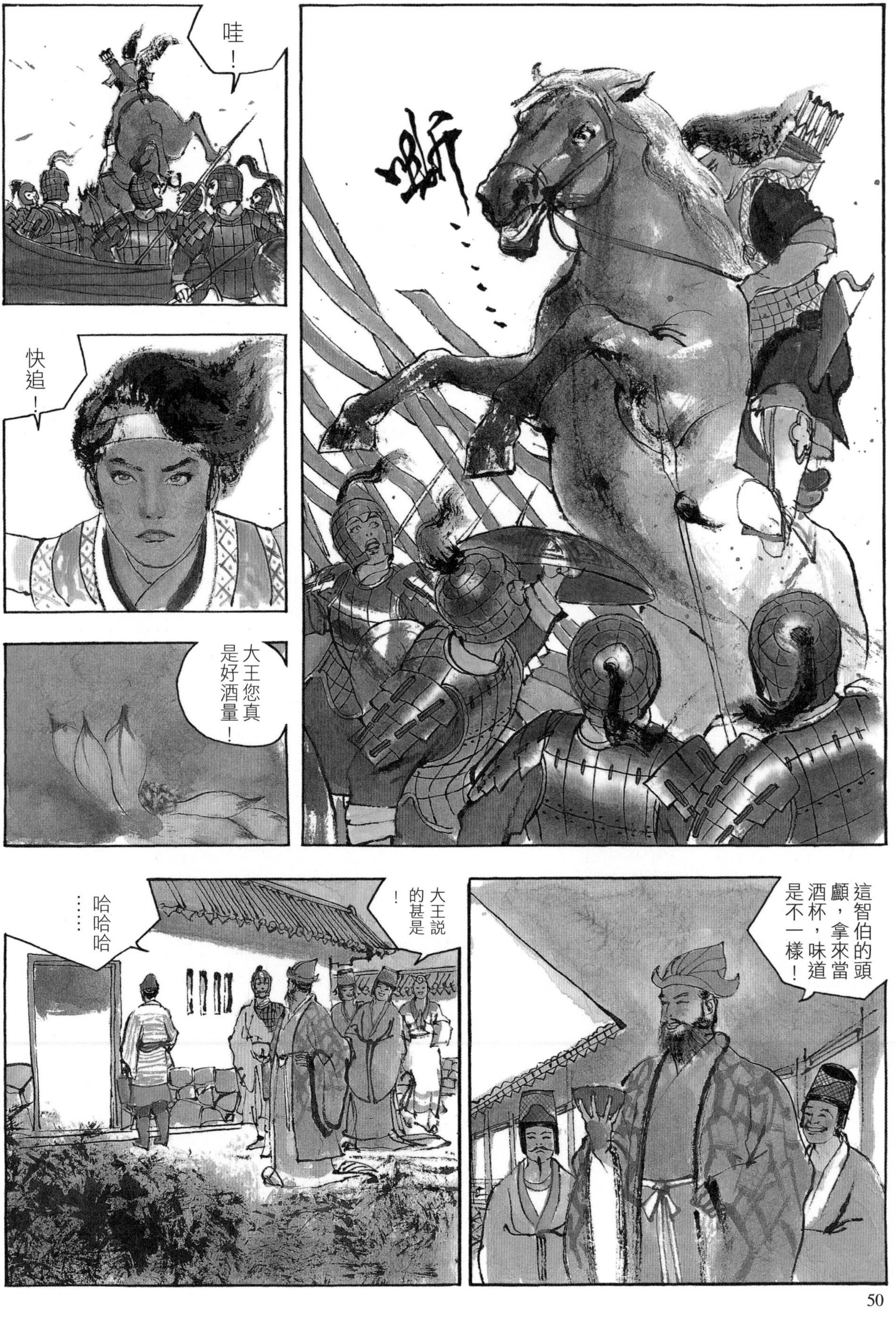
嘶
哇！
快追！
大王您真是好酒量！
這智伯的頭顱，拿來當酒杯，味道是不一樣！
大王說的甚是！
哈哈哈……

？
快把這人捉起來！
是！
咦？你不是智伯的臣子豫讓嗎？
大王，在他身上找到了一把刀子。
不錯，我豫讓是為智伯報仇來的。
今日不幸失手，要殺要剮，悉聽尊便！
找死還不容易
噹！
慢著！
放他走！

大王，您醉了，他想刺殺大王啊！
是！
嗯！
去吧！
嗚！……。
沙……

豫讓嗎？
哎？
為了替智伯報仇，我吞下炭條使聲音變啞，塗滿生漆讓身體長瘡，沒想到還是被你認出來！

以你的才能委身侍奉襄子為臣，襄子必定會重用你。
等他重用你，你就可以為所欲為，你若變形狀，這樣不是很痛苦嗎？
大丈夫有所不為，我無法假意事仇！
你這是何苦！
……。
唉！
噠……噠……噠……噠……

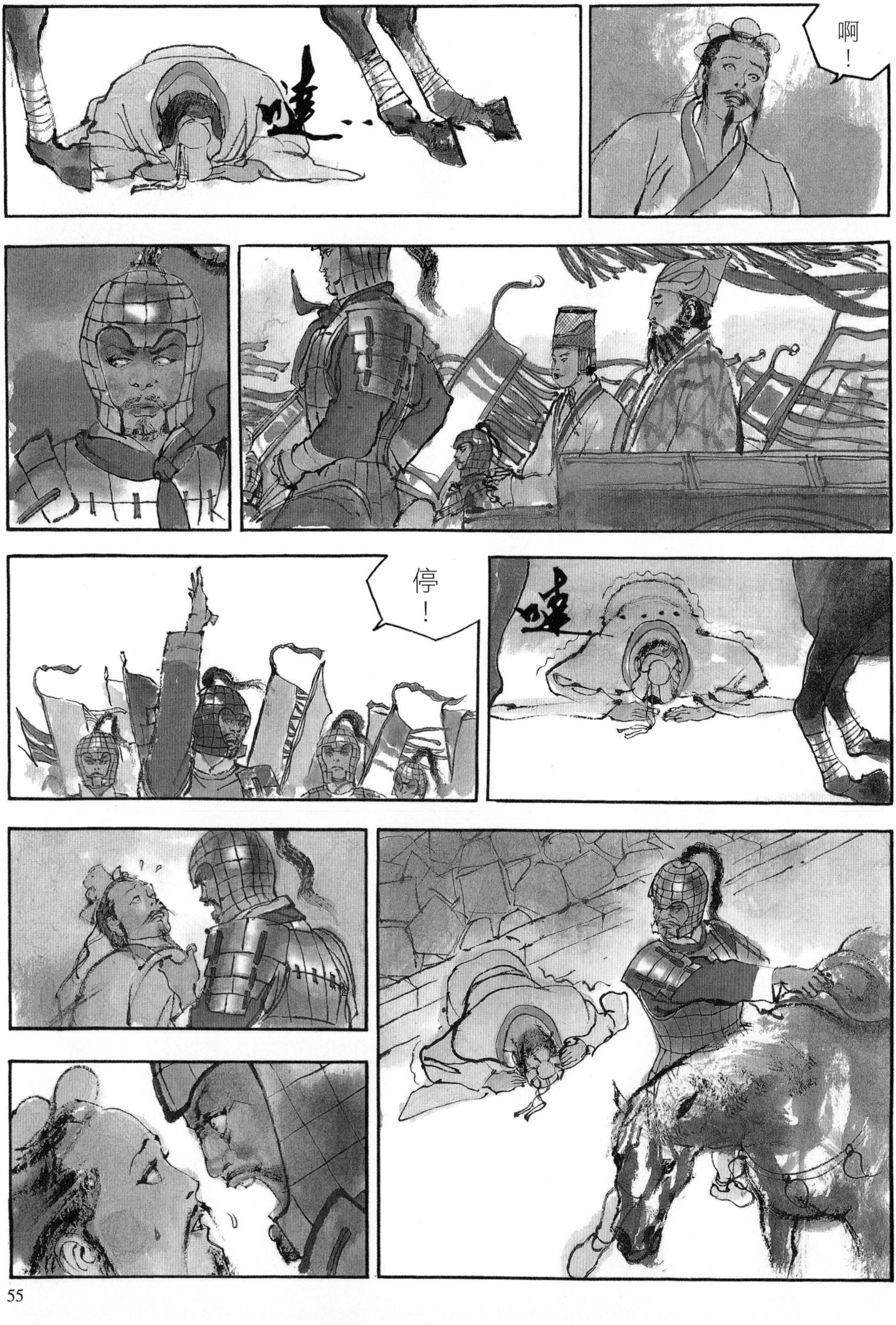
噠...
啊!
停!
噠...

唉！

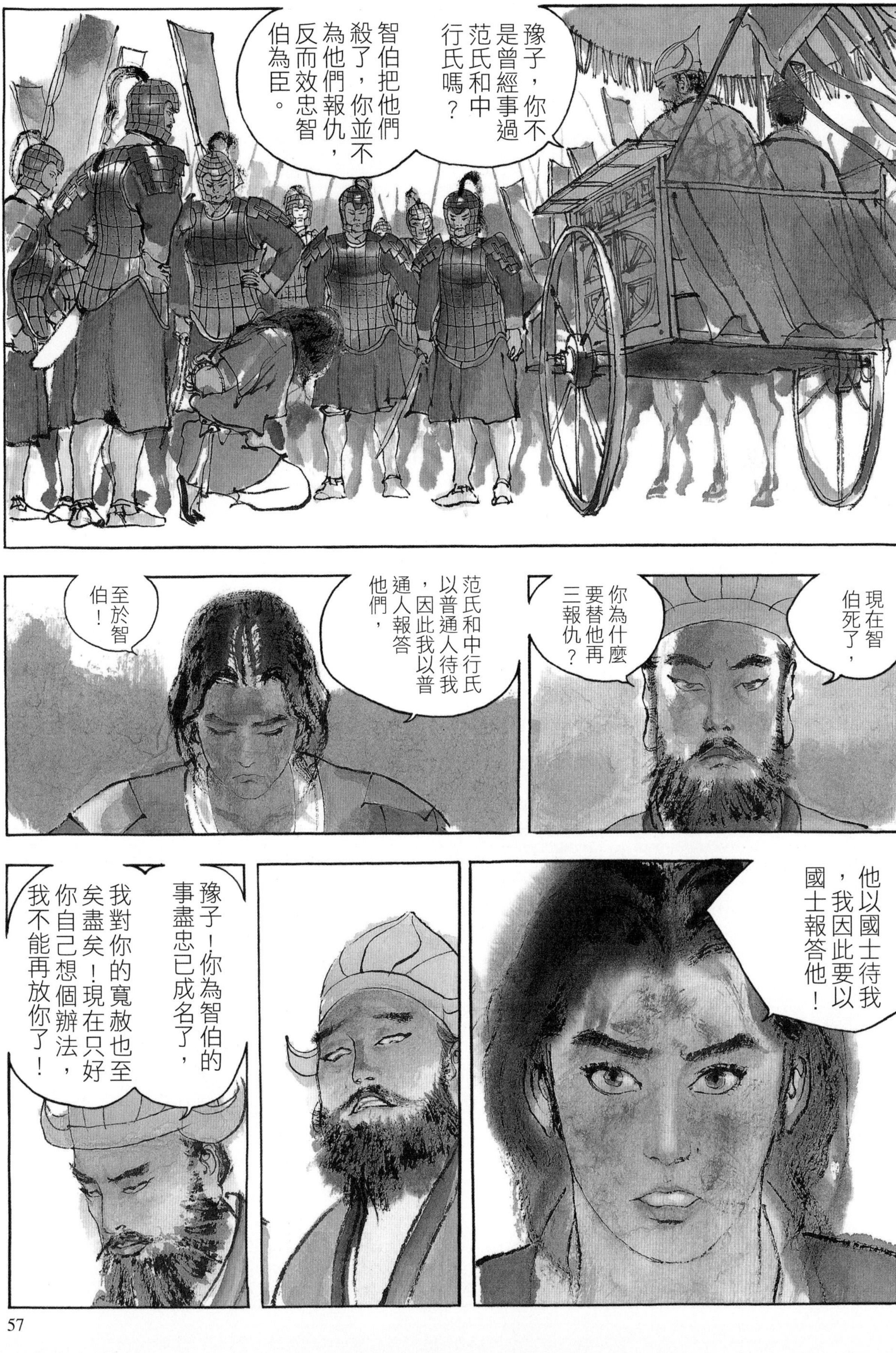
豫子，你不是曾經事過范氏和中行氏嗎？
智伯把他們殺了，你並不為他們報仇，反而效忠智伯為臣。
現在智伯死了，
你為什麼要替他再三報仇？
范氏和中行氏以普通人待我，因此我以普通人報答他們，
至於智伯！
他以國士待我，我因此要以國士報答他！
豫子！你為智伯的事盡忠已成名了，
我對你的寬赦也至矣盡矣！現在只好你自己想個辦法，我不能再放你了！

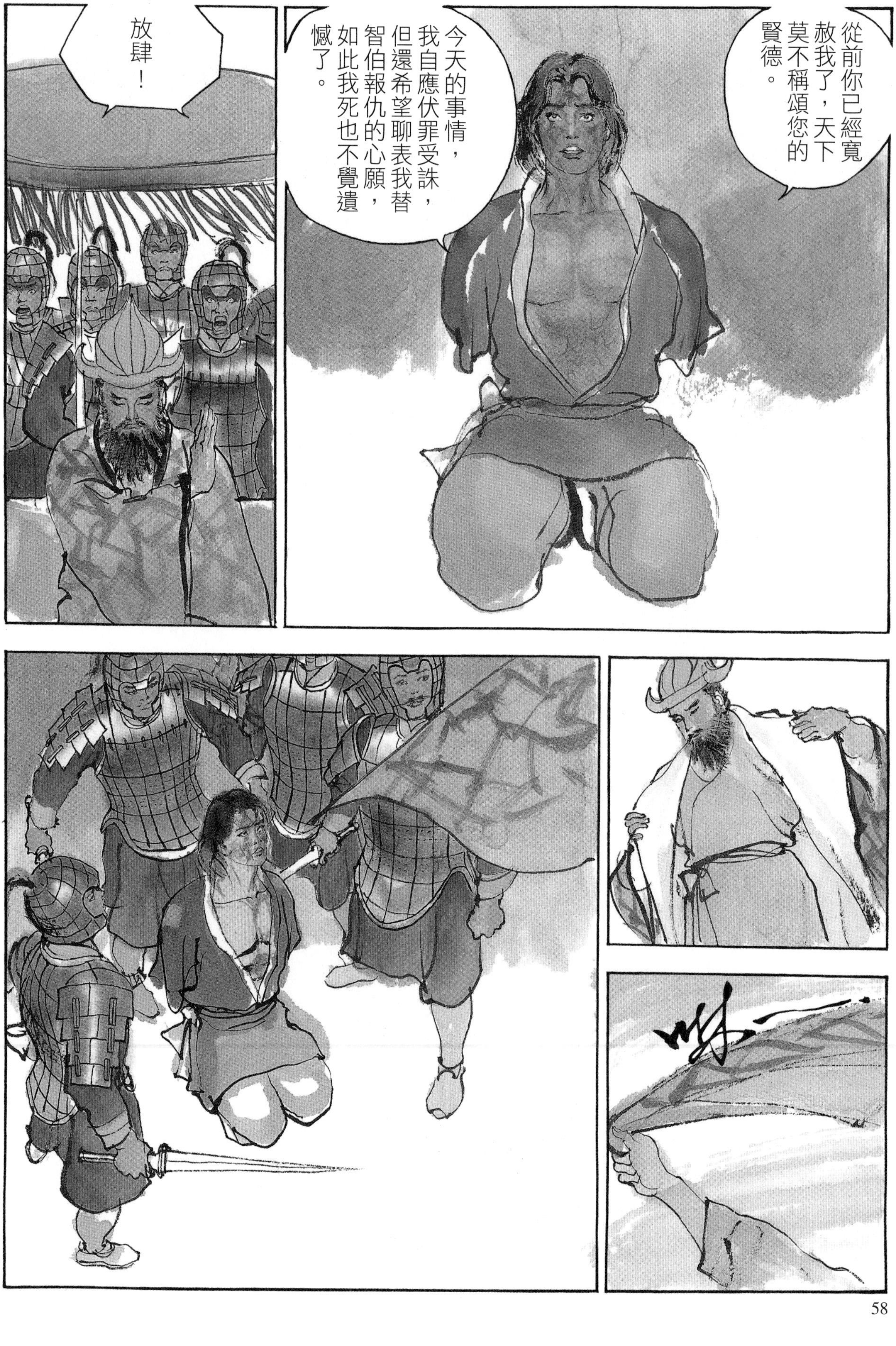
從前你已經寬赦我了，天下莫不稱頌您的賢德。
今天的事情，我自應伏罪受誅，但還希望聊表我替智伯報仇的心願，如此我死也不覺遺憾了。
放肆！

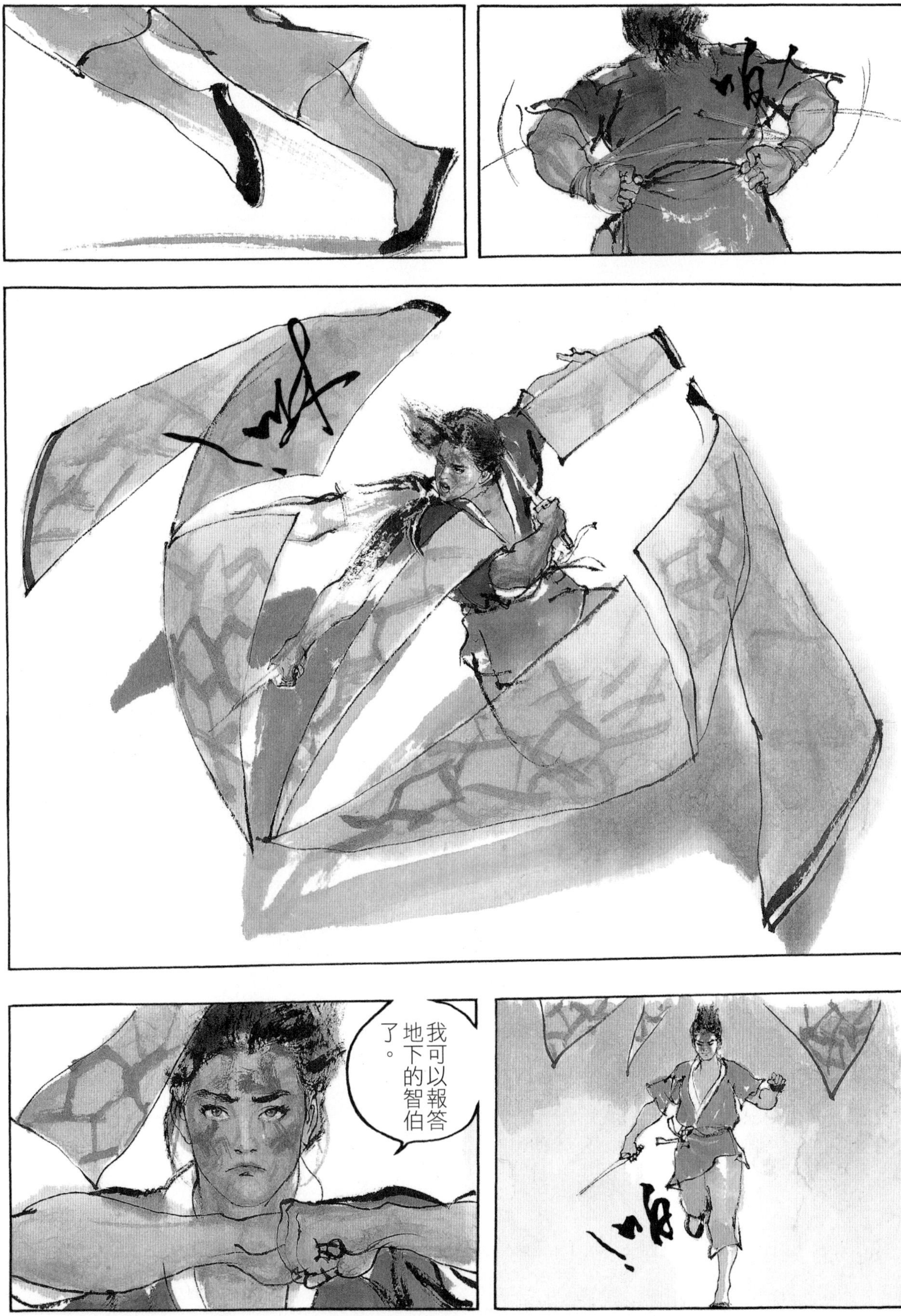
我可以報答地下的智伯了。

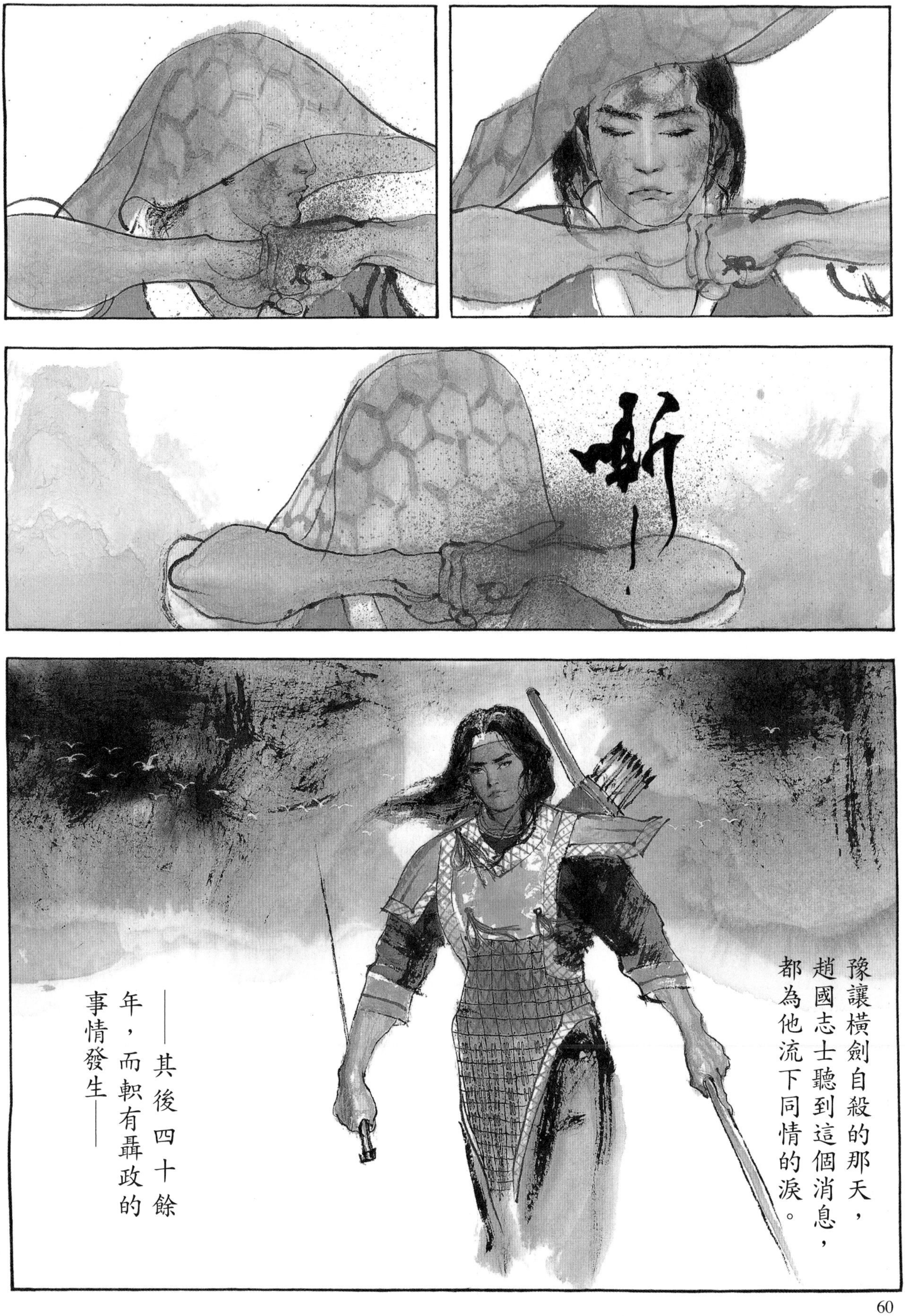
斬
豫讓橫劍自殺的那天，趙國志士聽到這個消息，都為他流下同情的淚。
——其後四十餘年，而軹有聶政的事情發生——

豫讓

豫讓者，晉人也，故嘗事范氏及中行氏，而無所知名，去而事智伯，智伯甚尊寵之。及智伯伐趙襄子，趙襄子與韓、魏合謀滅智伯，滅智伯之後而三分其地。趙襄子最怨智伯，漆其頭以為飲器。豫讓遁逃山中，曰：「嗟乎！士為知己者死，女為悅己者容。今智伯知我，我必為報讎而死，以報智伯，則吾魂魄不愧矣。」乃變名姓為刑人，入宮塗廁，中挾匕首，欲以刺襄子。襄子如廁，心動，執問塗廁之刑人，則豫讓，內持刀兵，曰：「欲為智伯報仇！」左右欲誅之。襄子曰：「彼義人也，吾謹避之耳。且智伯亡無後，而其臣欲為報仇，此天下之賢人也。」卒醳去之。

居頃之，豫讓又漆身為厲，吞炭為啞，使形狀不可知，行乞於市。其妻不識也，行見其友，其友識之，曰：「汝非豫讓邪？」曰：「我是也。」其友為泣曰：「以子之才，委質而臣事襄子，襄子必近幸子。近幸子，乃為所欲，顧不易邪？何乃殘身苦形，欲以求報襄子，不亦難乎！」豫讓曰：「既已委身臣事人，而求殺之，是懷二心以其君也。且吾所為者極難耳！然所以為此者，將以愧天下後世之為人臣懷二心以事其君者也。」

既去，頃之，襄子當出，豫讓伏於所當過之橋下。襄子至橋，馬驚，襄子曰：「此必是豫讓也。」使人問之，果豫讓也。於是襄子乃數豫讓曰：「子不嘗事范、中行氏乎？智伯盡滅之，而子不為報讎，而反委質臣於智伯。智伯亦已死矣，而子獨何以為之報讎之深也？」豫讓曰：「臣事范、中行氏，范、中行氏皆眾人遇我，我故眾人報之。至於智伯，國士遇我，我故國士報之。」襄子喟然歎息而泣曰：「嗟乎豫子！子之為智伯，名既成矣，而寡人赦子，亦已足矣。子其自為計！寡人不復釋子！」使兵圍之。豫讓曰：「臣聞明主不掩人之美，而忠臣有死名之義。前君已寬赦臣，天下莫不稱君之賢。今日之事，臣固伏誅，然願讓君之衣而擊之，焉以致報讎之意，則雖死不恨。非所敢望也，敢布腹心！」於是襄子大義之，乃使使持衣與豫讓。豫讓拔劍三躍而擊之，曰：「吾可以下報智伯矣！」遂伏劍自殺。死之日，趙國志士聞之，皆為涕泣。

其後四十餘年而軹有聶政之事。

刺客列傳之四聶政

於是向西直到濮陽，去見嚴仲子說：「從前我所以不答應仲子的原因，只是因為有母親在，現在不幸老母已經壽終了，仲子想報仇的對象是誰，就請交給我著手處理罷。」……

聶政於是辭別獨行，拿著寶劍到韓國。韓相俠累正坐在家中，手持兵器而衛侍的人很多。聶政直衝而入，上了臺階，刺殺了俠累。左右的人非常慌亂，聶政大聲叱喝，所擊殺的有數十人。然後便自己剝掉面皮，挖出眼睛，又自己挑出肚腸……

刺客列傳 第四篇

聶政

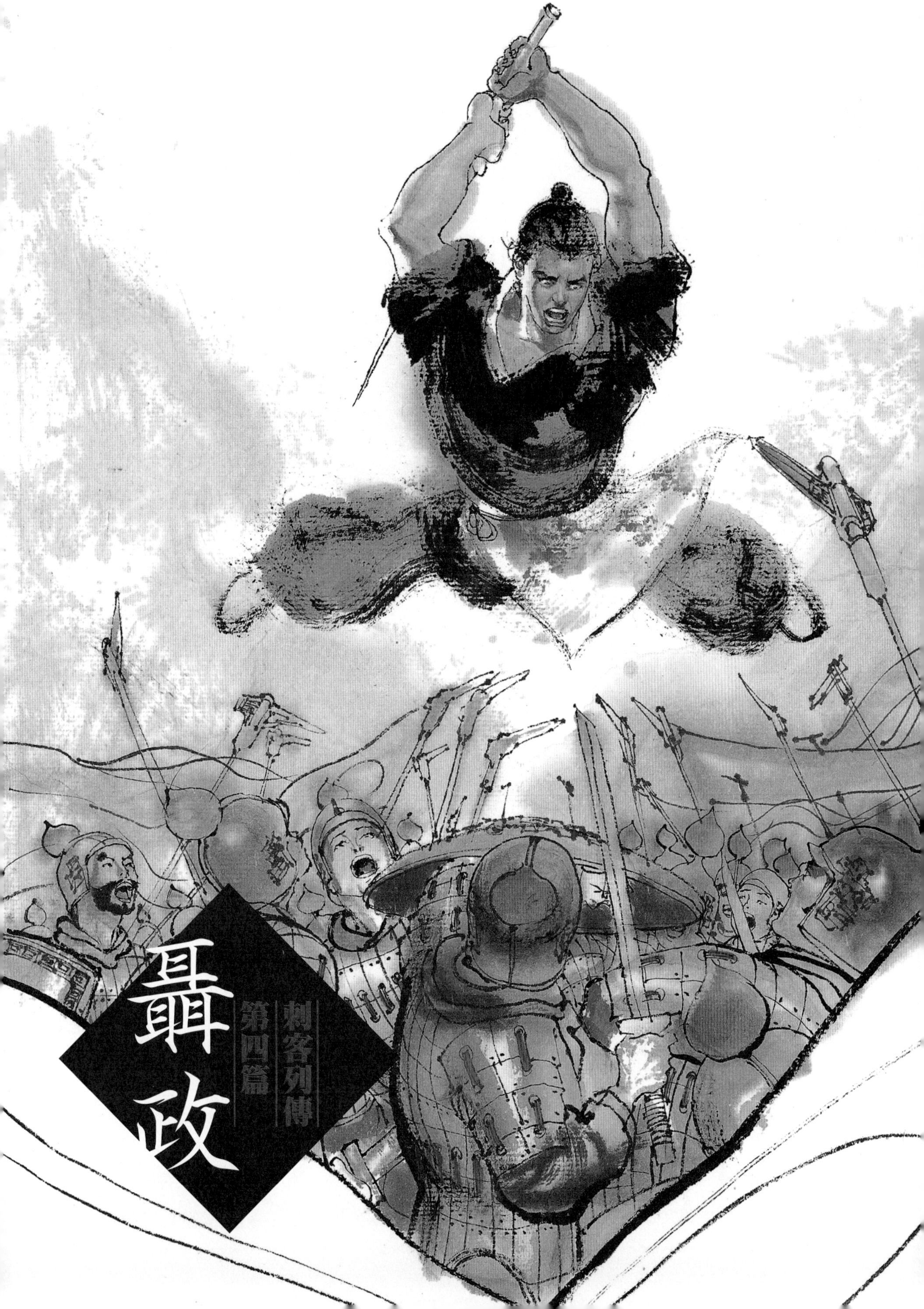

哈……
哈……
你們在幹什麼，還不給我下去！

下次再讓我逮到你們就慘了。

主人也真是的三番二次到這殺狗的聶政家。
還要送他黃金！
偏偏殺狗的又不領情！
真是邪門！
聶兄，我遊歷各國多年，就是為了報仇。
這次到貴國聽說足下是最講義氣的勇士，送上這百鎰黃金……
我這百鎰黃金不過是預備用作令堂粗飯的費用
只求能跟足下交個朋友，就心滿意足了……

仲子，我現在賺的錢已經夠奉養老母了，實在不敢再接受你的餽贈。
老母在世，我的生命不敢用來答應別人。
既然如此我改日再來。
不用了，也請你，把金子拿回去。
唉！
日居月移，聶政的母親天年了……
娘！
我聶政不過是個市井小民，整天磨著刀子屠狗而已……

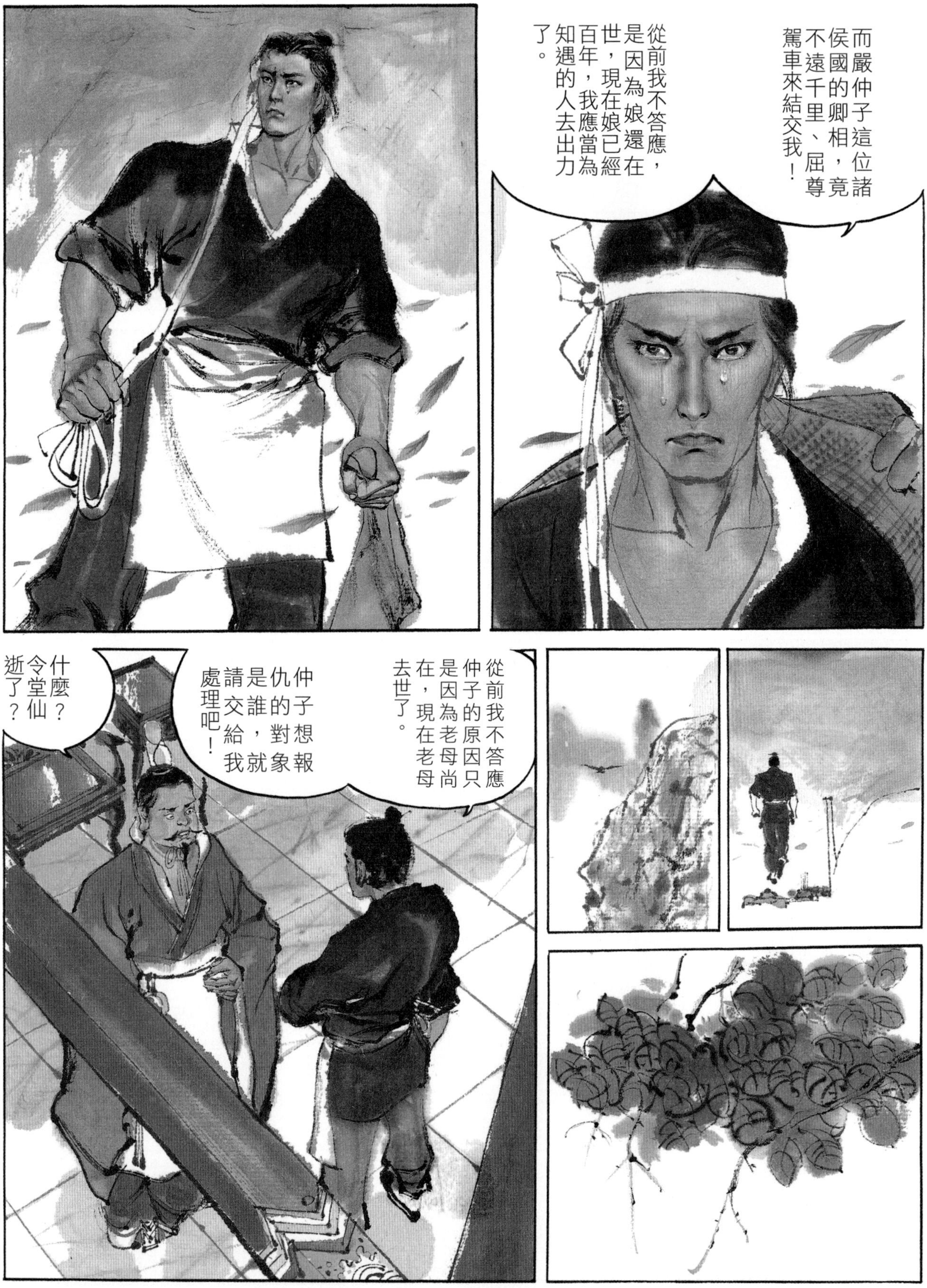
而嚴仲子這位諸侯國的卿相，竟不遠千里、屈尊駕車來結交我！
從前我不答應，是因為娘還在世，現在娘已經百年，我應當為知遇的人去出力了。
從前我不答應仲子的原因只是因為老母尚在，現在老母去世了。
仲子想報仇的對象是誰，就請交給我處理吧！
什麼？令堂仙逝了？

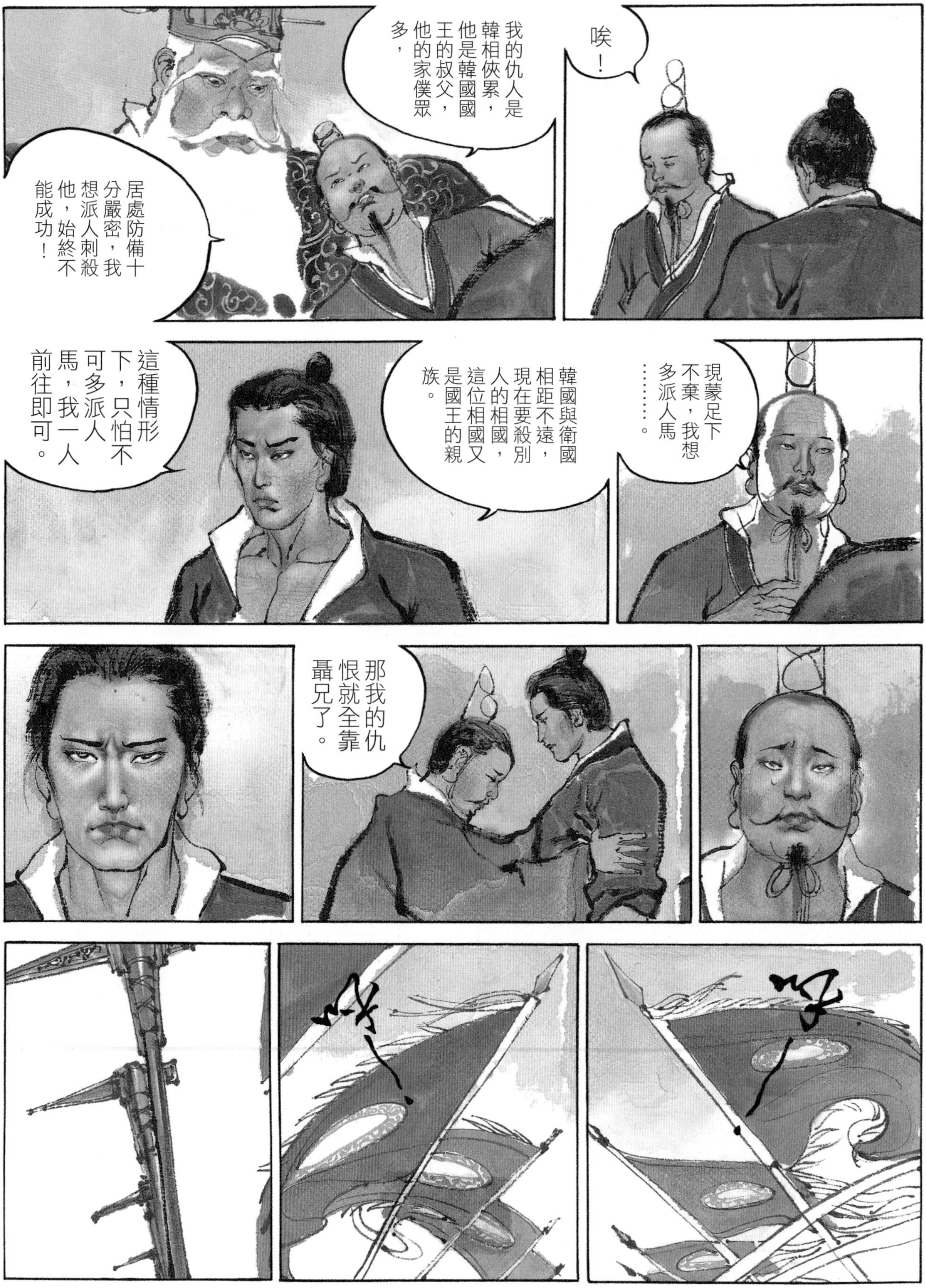
唉！
我的仇人是韓相俠累，他是韓國國王的叔父，他的家僕眾多，
居處防備十分嚴密，我想派人刺殺他，始終不能成功！
現蒙足下不棄，我想多派人馬……。
韓國與衛國相距不遠，現在要殺別人的相國，這位相國又是國王的親族。
這種情形下，只怕不可多派人馬，我一人前往即可。
那我的仇恨就全靠聶兄了。

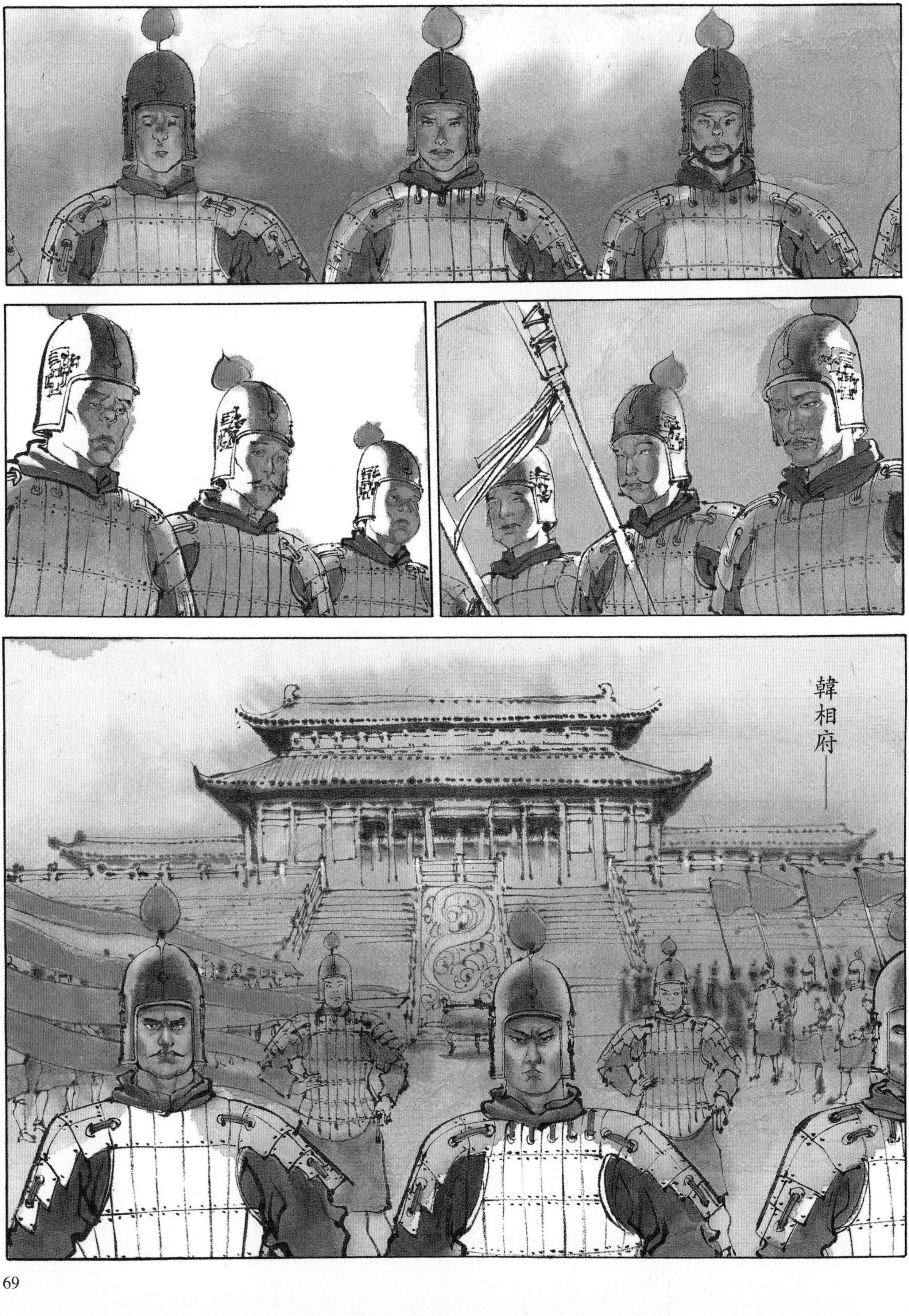
韓相府——

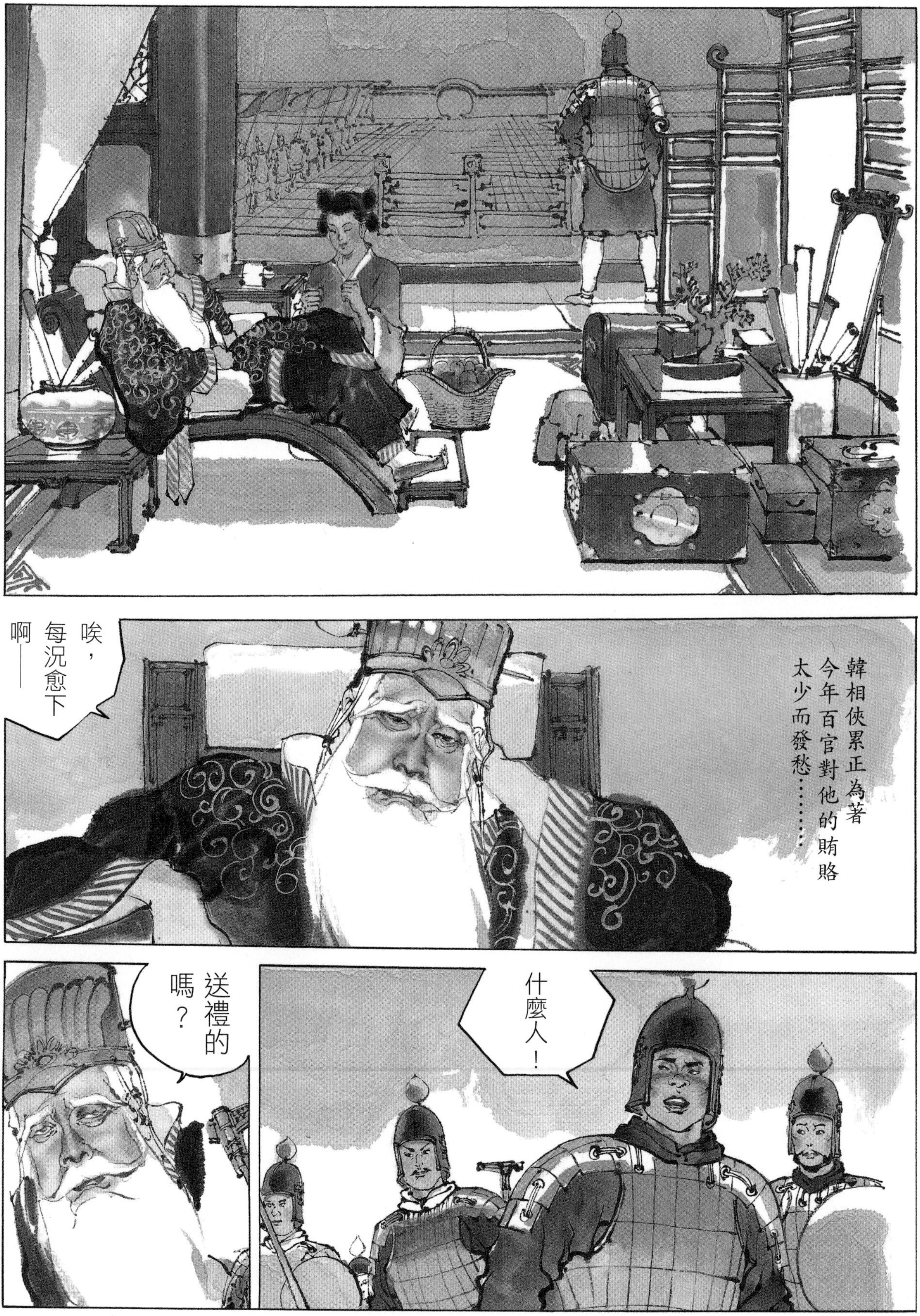
韓相俠累正為著今年百官對他的賄賂太少而發愁……
唉，每況愈下啊——
送禮的嗎？
什麼人！

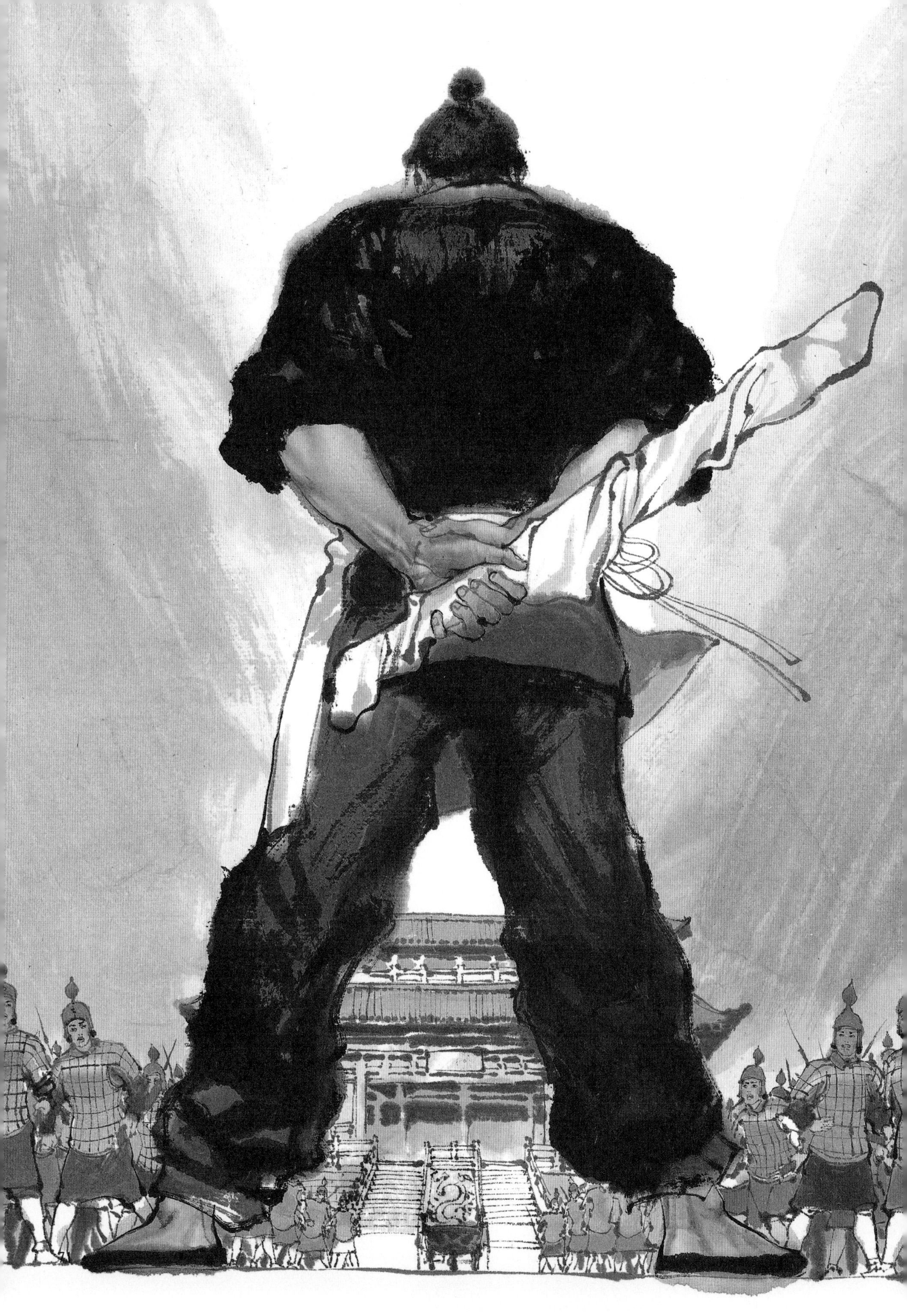

聶政手中持的正是數年前斬殺仇人的寶劍，多年不用，仍散發著懾人殺氣！
喓！
嗚呼—

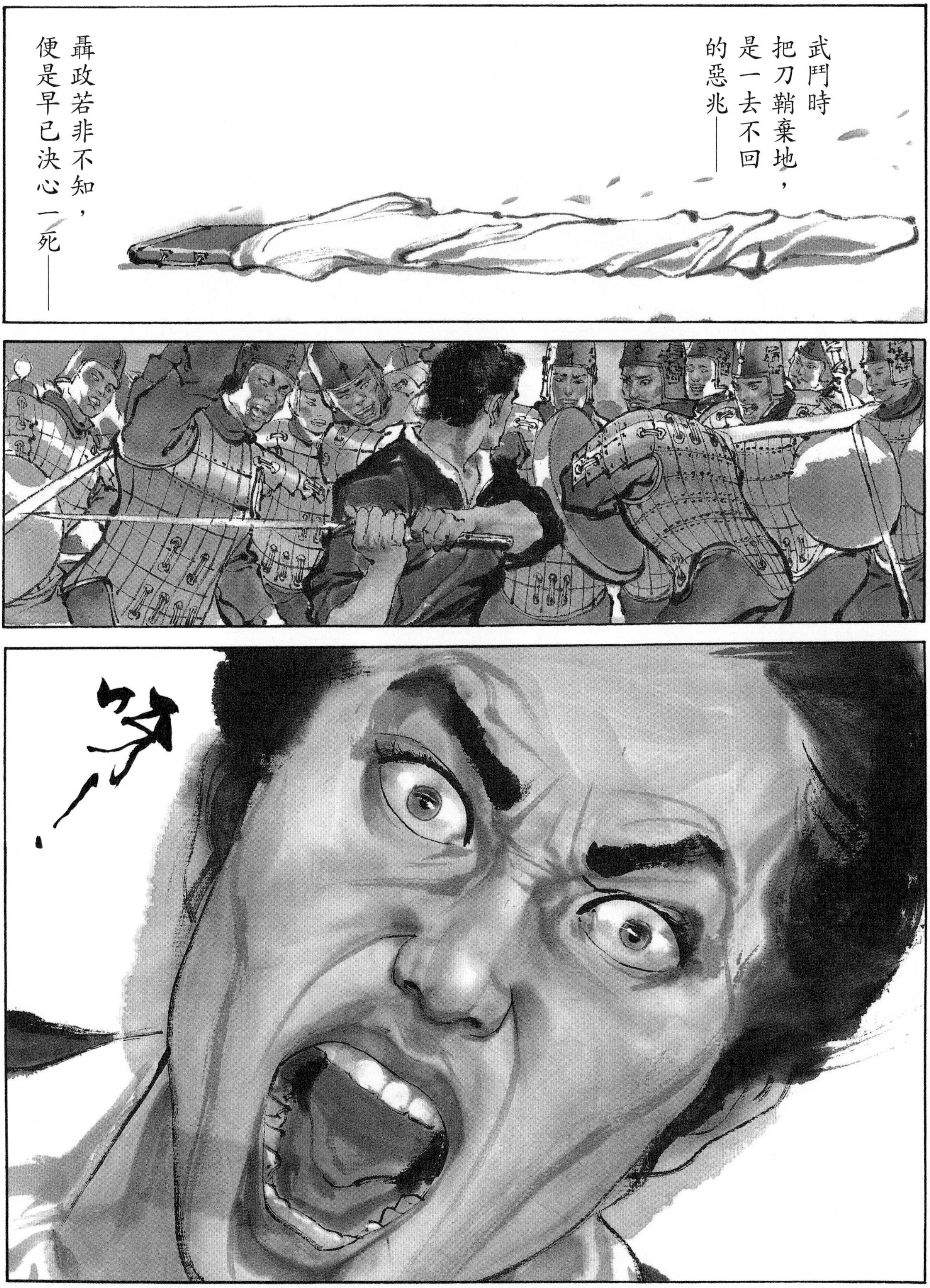
武鬥時
把刀鞘棄地，
是一去不回
的惡兆——
聶政若非不知，
便是早已決心一死——

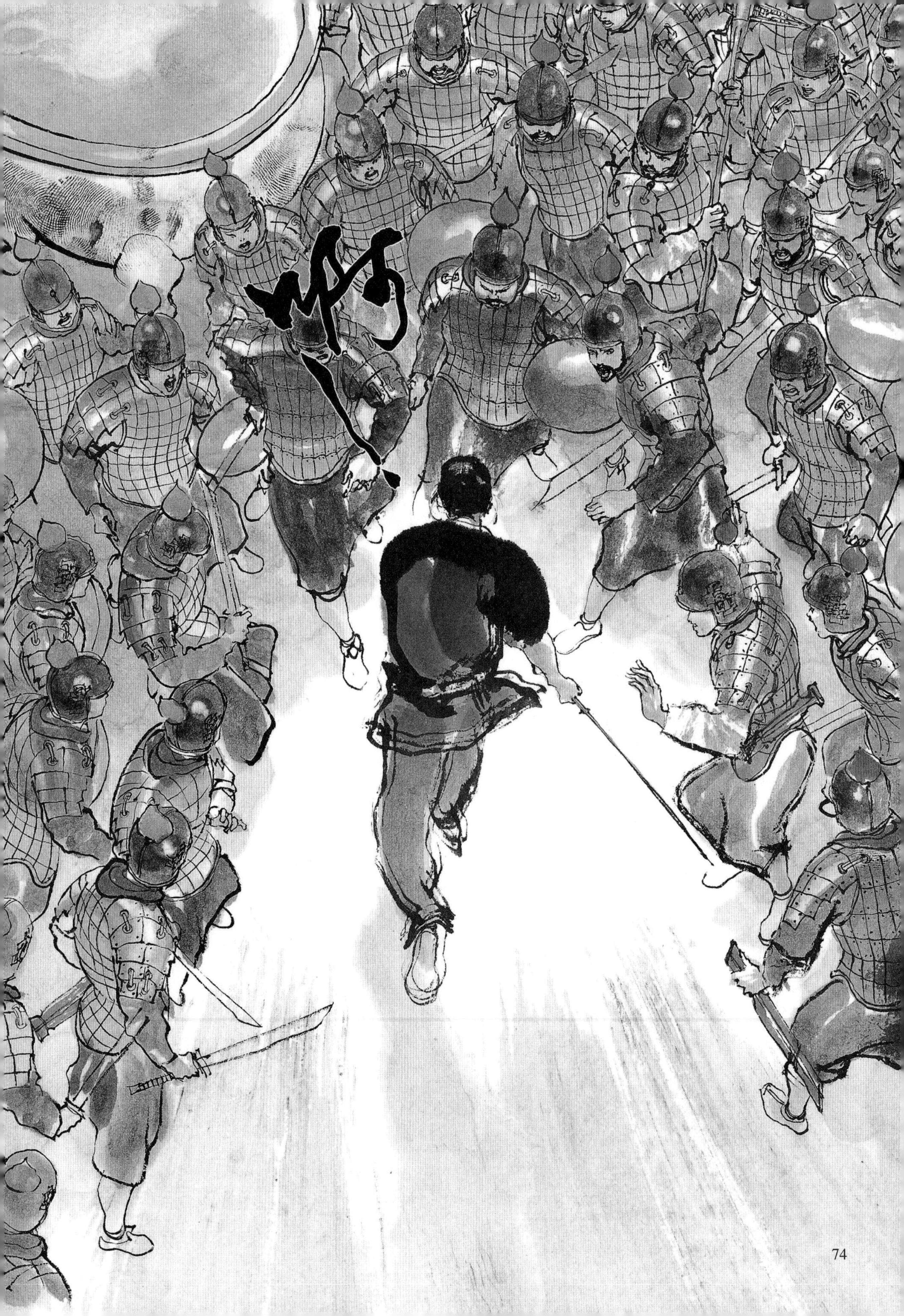

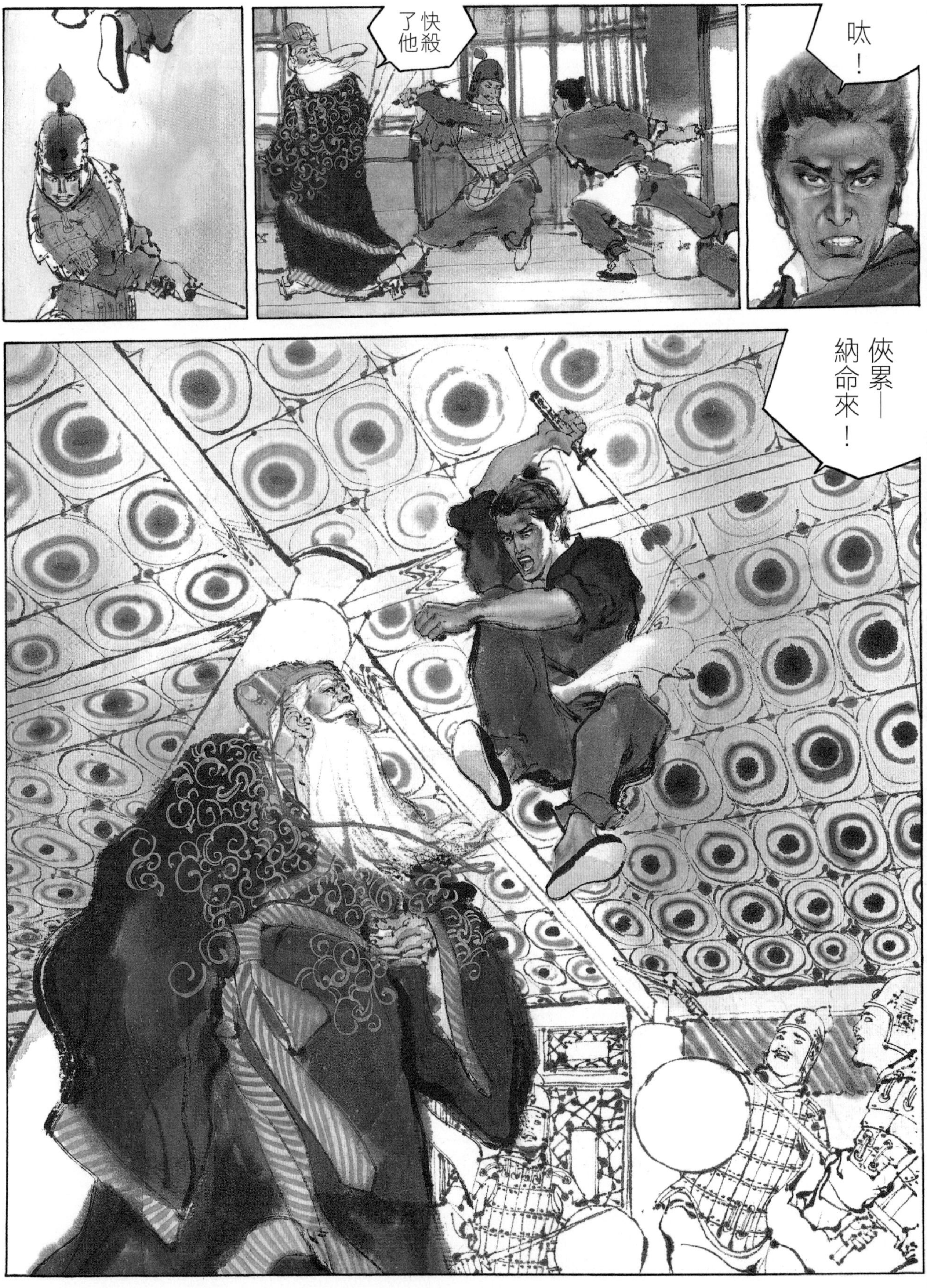
快殺了他
呔！
俠累——納命來！

喝！
哇！

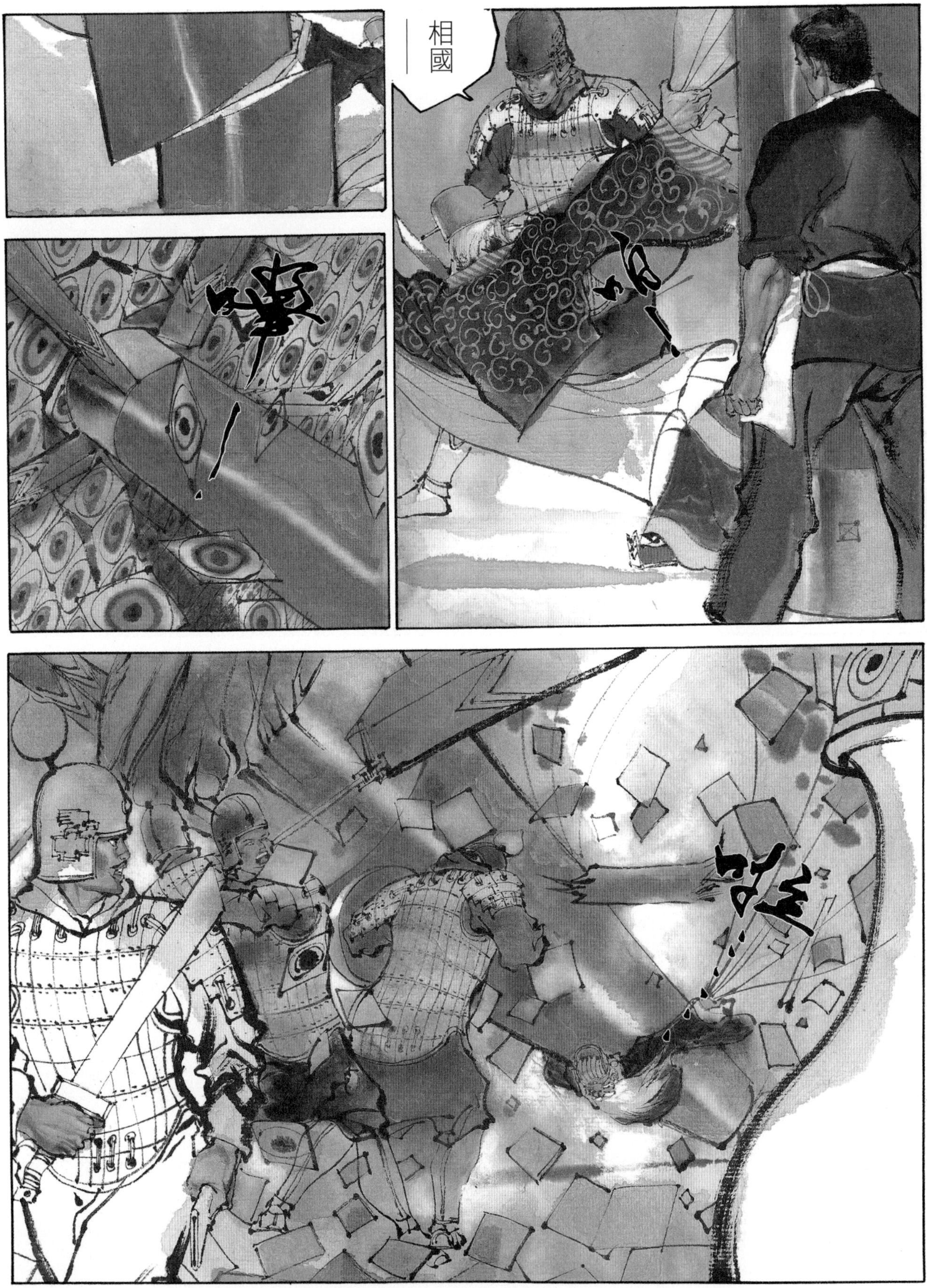
相國

噗……
轟隆……
啊……
啊……

刺客在這裡！
殺了他！
哇！
喝！

哇！
嗚！
喝！
喝！
呀！
哇！

聶政殺了俠累後，
一口氣又斬了數十名侍衛。
咱！
快殺了他！
別讓他逃了！
別慌我自己來！
？

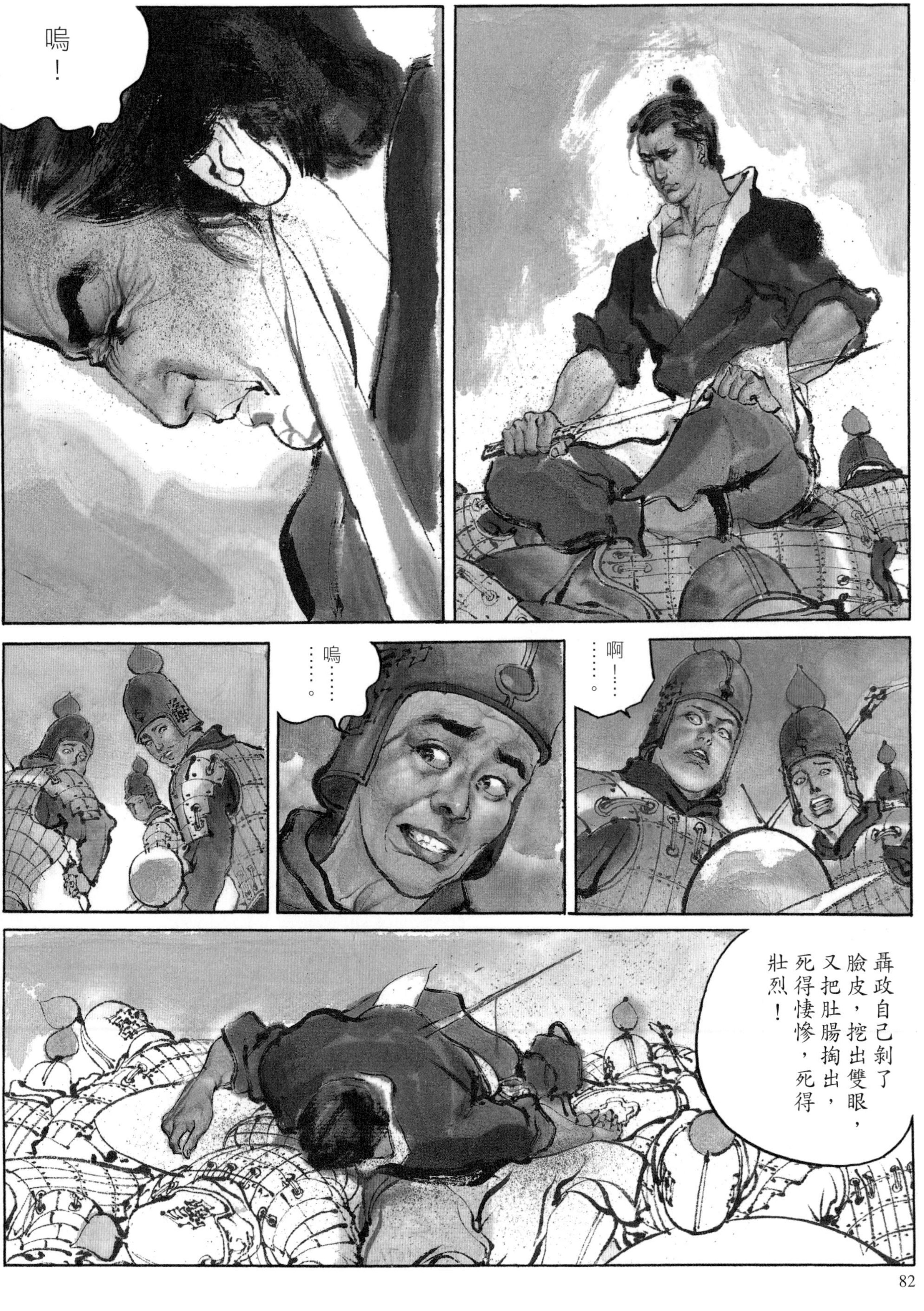
嗚！
嗚……。
啊！……。
聶政自己剝了臉皮，挖出雙眼，又把肚腸掏出，死得悽慘，死得壯烈！

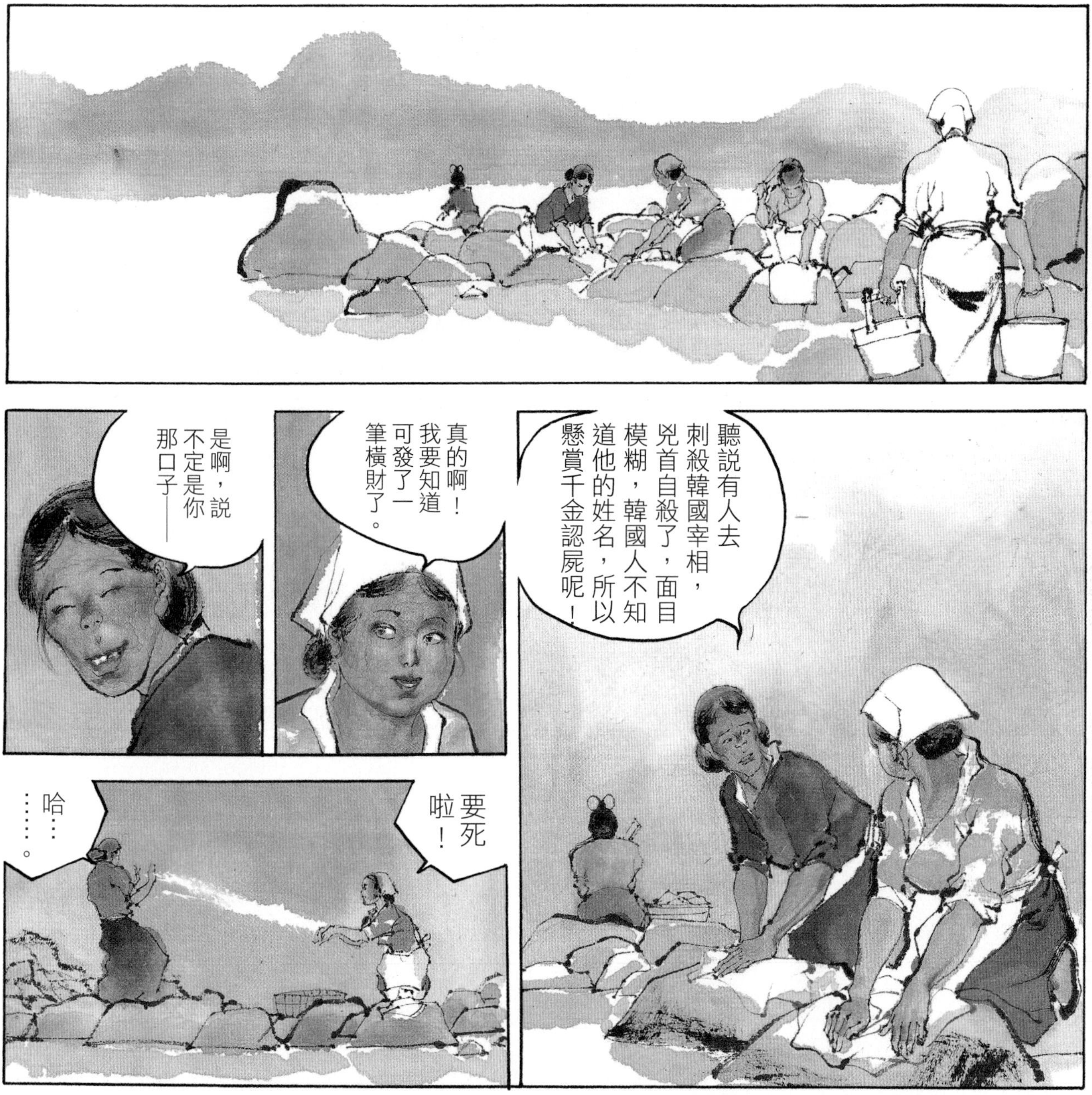
聽説有人去刺殺韓國宰相，兇首自殺了，面目模糊，韓國人不知道他的姓名，所以懸賞千金認屍呢！
真的啊！我要知道可發了一筆橫財了。
是啊，説不定是你那口子——
要死啦！
哈……。
別跑！

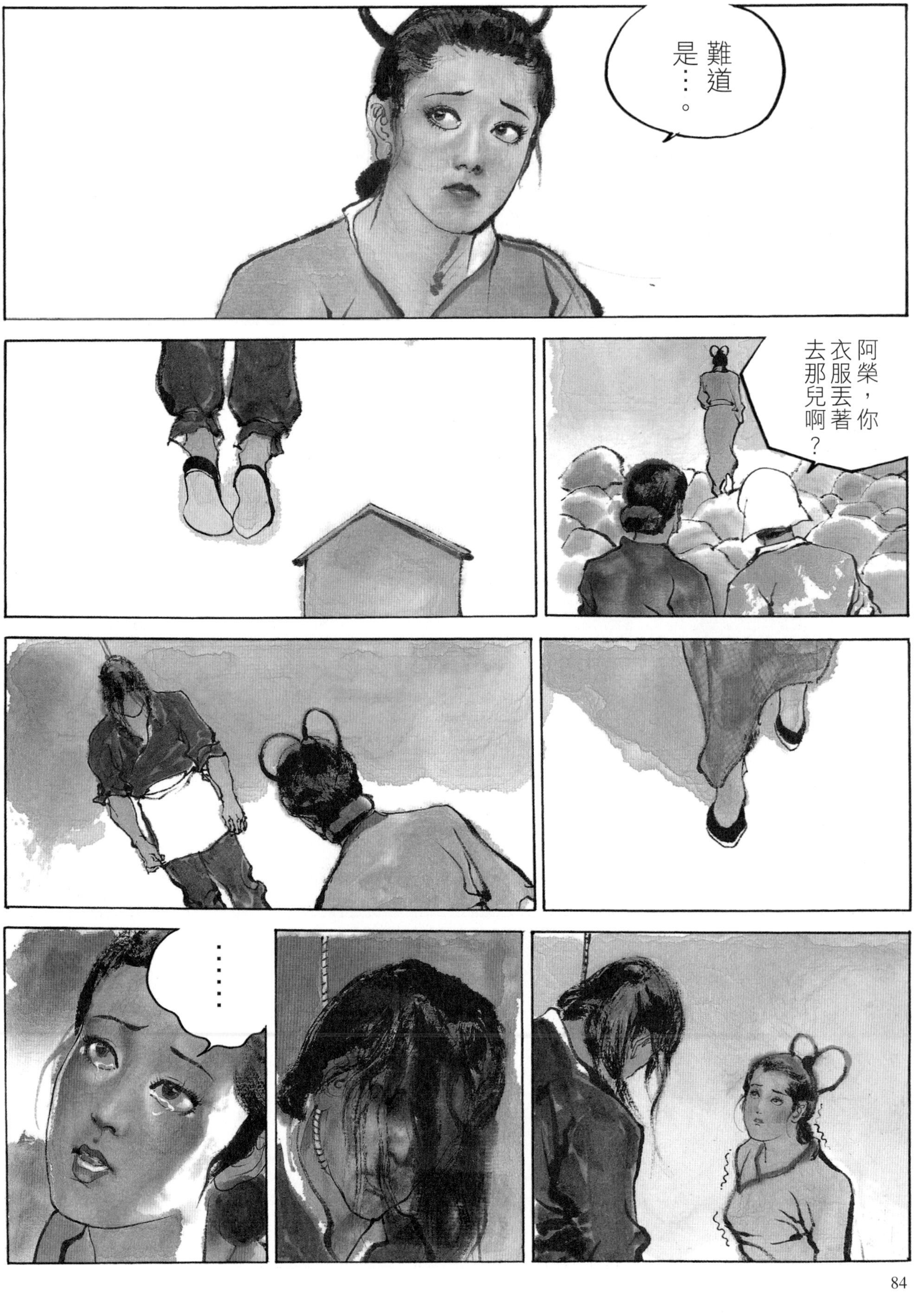
難道是…。
阿榮，你衣服丟著去那兒啊？
……

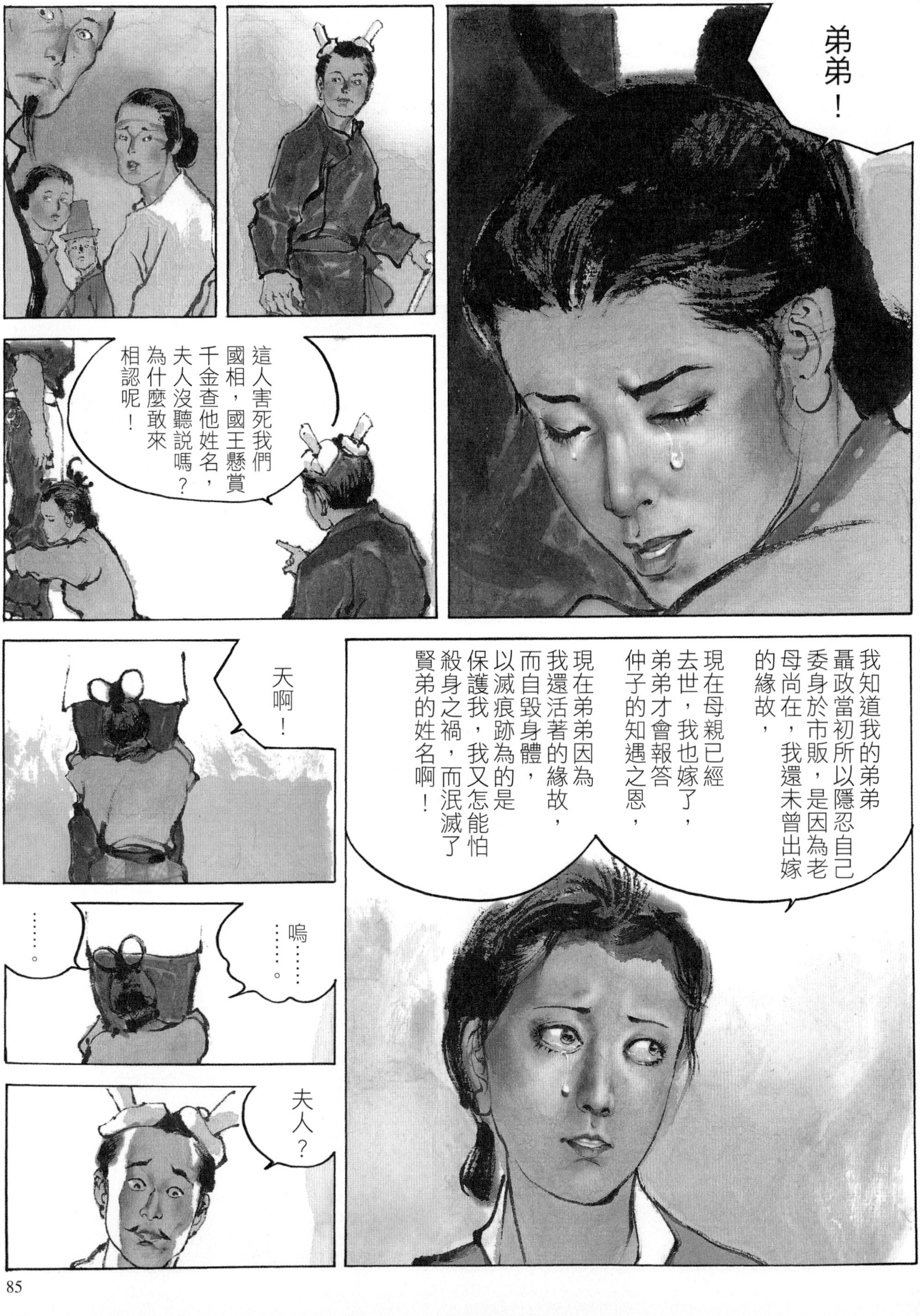

弟弟！
這人害死我們國相，國王懸賞千金查他姓名，夫人沒聽說嗎？為什麼敢來相認呢！
我知道我的弟弟聶政當初所以隱忍自己委身於市販，是因為老母尚在，我還未曾出嫁的緣故，現在母親已經去世，我也嫁了，弟弟才會報答仲子的知遇之恩，現在弟弟因為我還活著的緣故，而自毀身體，以滅痕跡為的是保護我，我又怎能怕殺身之禍，而泯滅了賢弟的姓名啊！
天啊！
嗚……。……。
夫人？

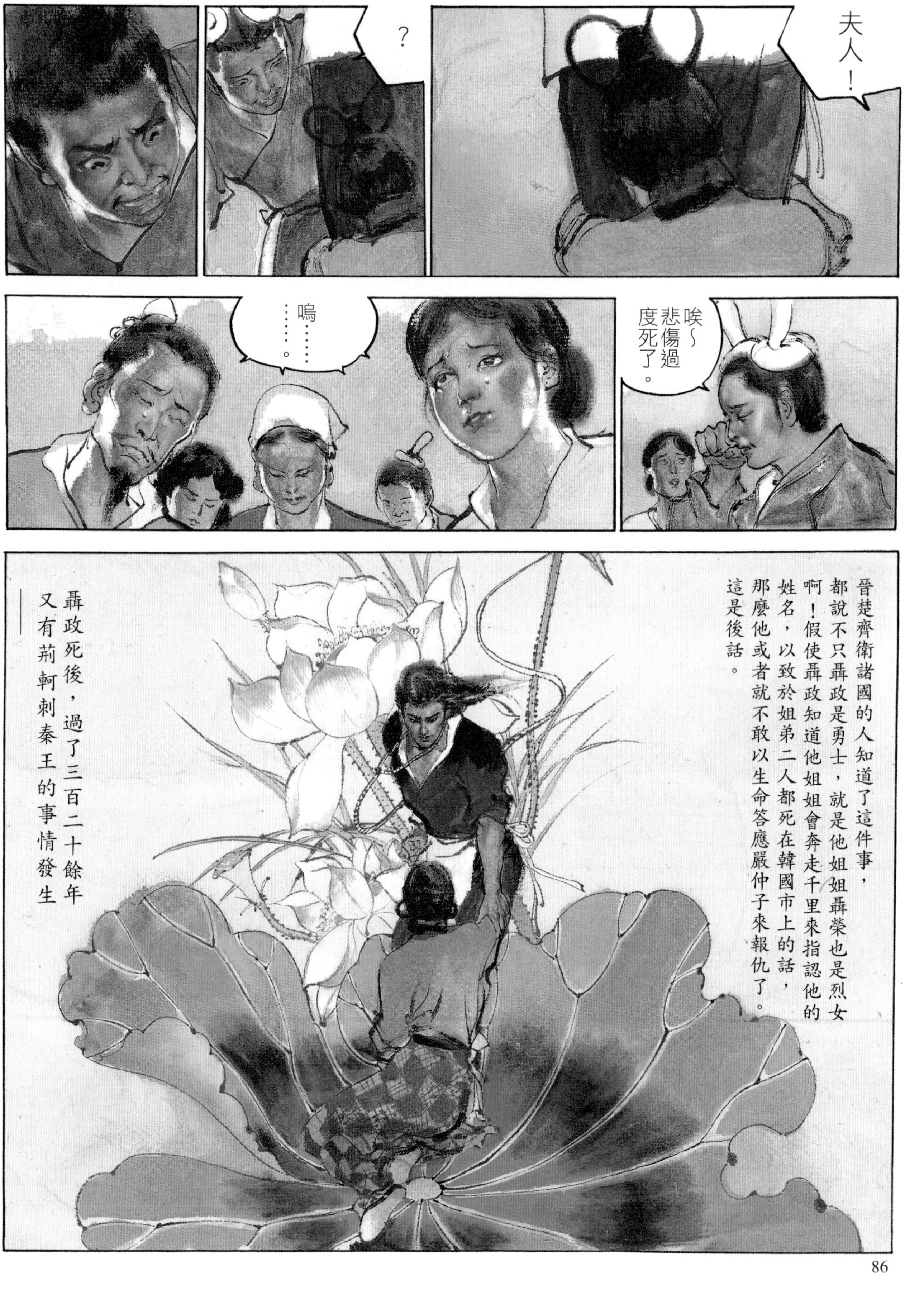
？
夫人！
嗚……。
唉～悲傷過度死了。
晉楚齊衛諸國的人知道了這件事，都說不只聶政是勇士，就是他姐姐聶榮也是烈女啊！假使聶政知道他姐姐會奔走千里來指認他的姓名，以致於姐弟二人都死在韓國市上的話，那麼他或者就不敢以生命答應嚴仲子來報仇了。這是後話。
——聶政死後，過了三百二十餘年又有荊軻刺秦王的事情發生

聶政

聶政者，軹深井里人也。殺人避仇，與母、姊如齊，以屠為事。

久之，濮陽嚴仲子事韓哀侯，與韓相俠累有郤。嚴仲子恐誅，亡去，游求人可以報俠累者。至齊，齊人或言聶政勇敢士也。避仇隱於屠者之閒。嚴仲子至門請，數反，然後具酒自暢聶政母前。酒酣，嚴仲子奉黃金百溢，前為聶政母壽。聶政驚怪其厚，固謝嚴仲子。嚴仲子固進，而聶政謝曰：「臣幸有老母，家貧，客游以為狗屠。可以旦夕得甘毳以養親。親供養備，不敢當仲子之賜。」嚴仲子辟人，因為聶政言曰：「臣有仇，而行游諸侯眾矣，然至齊，竊聞足下義甚高，故進百金者，將用為大人麤糲之費，得以交足下之驩，豈敢以有求望邪！」聶政曰：「臣所以降志辱身居市井屠者，徒幸以養老母，老母在，政身未敢以許人也。」嚴仲子固讓，聶政竟不肯受也，然嚴仲子卒備賓主之禮而去。

久之，聶政母死。既已葬，除服，聶政曰：「嗟乎！政乃市井之人，鼓刀以屠；而嚴仲子乃諸侯之卿相也，不遠千里，枉車騎而交臣。臣之所以待之，至淺鮮矣，未有大功可以稱者，而嚴仲子奉百金為親壽，我雖不受，然是者徒深知政也。夫賢者以感忿睚眥之意而親信窮僻之人，而政獨安得嘿然而已乎！且前日要政，政徒以老母；老母今以天年終，政將為知己者用。」乃遂西至濮陽，見嚴仲子曰：「前日所以不許仲子者，徒以親在；今不幸而母以天年終。仲子所欲報仇者為誰？請得從事焉！」嚴仲子具告曰：「臣之仇韓相俠累，俠累又韓君之季父也，宗族盛多，居處兵衛甚設，臣欲使人刺之，終莫能就。今足下幸而不棄，請益其車騎壯士可為足下輔翼者。」聶政曰：「韓之與衛，相去中閒不甚遠，今殺人之相，相又國君之親，此其勢不可以多人，多人不能無生得失，生得失則語泄，語泄是韓舉國而與仲子為讎，豈不殆哉！」遂謝車騎人徒，聶政乃辭獨行。

杖劍至韓，韓相俠累方坐府上，持兵戟而衛侍者甚眾。聶政直入，上階刺殺俠累。左右大亂。聶政大呼，所擊殺者數十人，因自皮面決眼，自屠出腸，遂以死。

韓取聶政屍暴於市，購問莫知誰子。於是韓（購）縣〔購〕之，有能言殺相俠累者予千金，久

之莫知也。

政姊榮聞人有刺殺韓相者，賊不得，國不知其名姓，暴其尸而縣之千金，乃於邑曰：「其是吾弟與？嗟乎，嚴仲子知吾弟！」立起，如韓，之市，而死者果政也，伏尸哭極哀，曰：「是軹深井里所謂聶政者也。」市行者諸眾人皆曰：「此人暴虐吾國相，王縣購其名姓千金，夫人不聞與？何敢來識之也？」榮應之曰：「聞之。然政所以蒙污辱自棄於市販之閒者，為老母幸無恙，妾未嫁也。親既以天年下世，妾已嫁夫，嚴仲子乃察舉吾弟困污之中而交之，澤厚矣，可奈何！士固為知己者死，今乃以妾尚在之故，重自刑以絕從，妾其奈何畏歿身之誅，終滅賢弟之名！」大驚韓市人。乃大呼天者三，卒於邑悲哀而死政之旁。

晉、楚、齊、衛聞之，皆曰：「非獨政能也，乃其姊亦烈女也。鄉使政誠知其姊無濡忍之志，不重暴骸之難，必絕險千里以列其名，姊弟俱僇於韓市者，亦未必敢以身許嚴仲子也，嚴仲子亦可謂知人能得士矣！」

其後二百二十餘年秦有荊軻之事。

刺客列傳之五荊軻

太子和知道這件事情的賓客們，都穿戴著白衣白帽來送行。到了易水邊，已經餞行之後，荊軻就要上路入秦了。這時候高漸離擊著筑，荊軻和著筑聲唱歌，唱的是「變徵」淒涼的調子，送行的人都掉下淚來。荊軻又走上前唱道：「蕭蕭的風聲呵，易水淒寒；壯士這一去呵，不再歸還！」……

荊軻手捧盛著樊於期頭顱的匣子，秦舞陽捧著裝地圖的匣子，兩人一前一後依序進來。到了階前，秦舞陽臉色都變了，非常害怕，群臣覺得奇怪。荊軻回頭來向秦舞陽笑笑，才向前謝罪說：「北方藩屬蠻夷的野人，從來沒有見過天子，所以他非常害怕。希望大王寬恕他一些，使他能在大王面前盡了使者的任務。」秦王對荊軻：「把秦舞陽捧的地圖拿來。荊軻便取了地圖，呈上去。秦王打開地圖來看，地圖攤開到最後，匕首出現了……

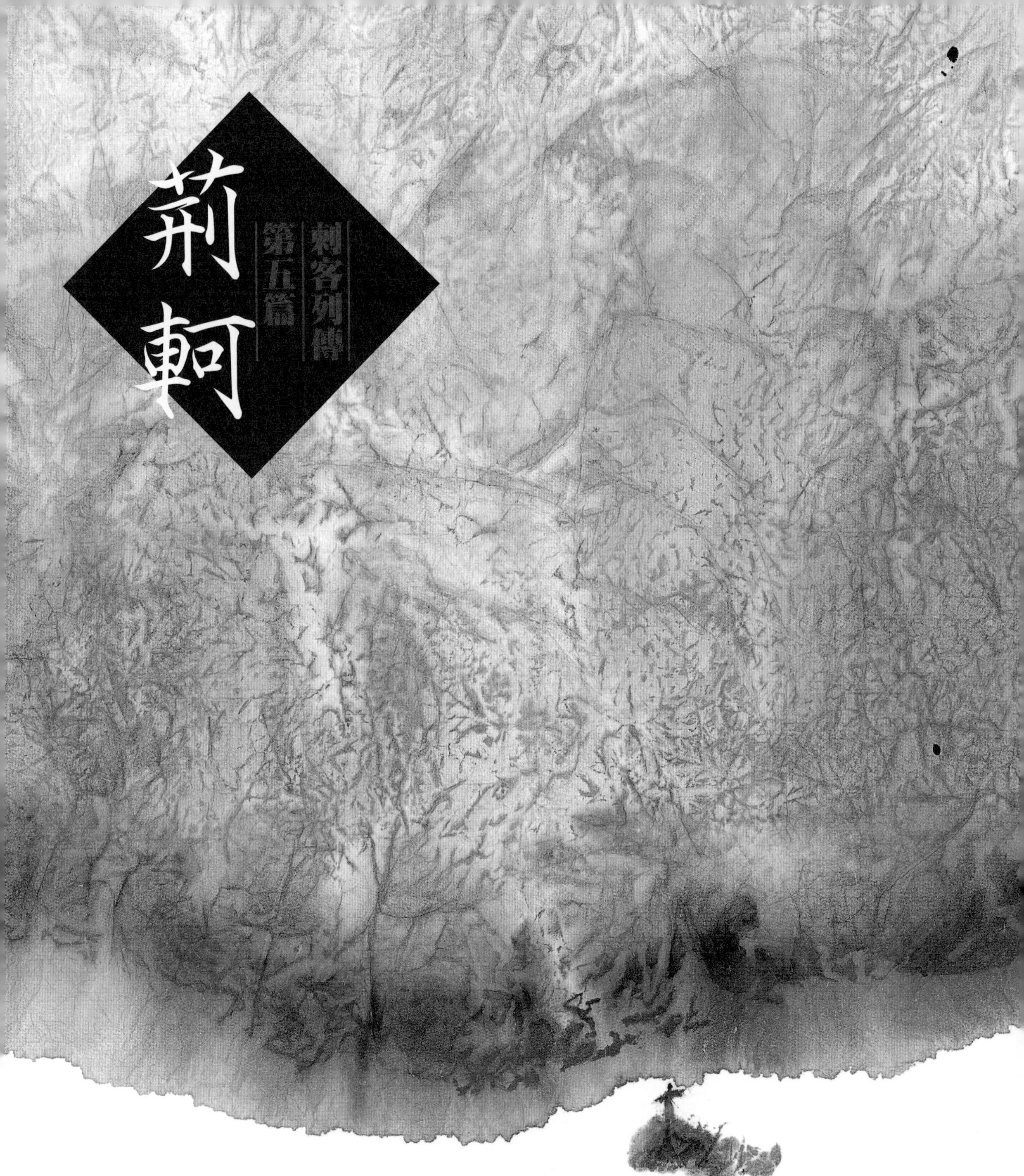

刺客列傳

第五篇

荊軻

戰國時期，秦國大展霸業，不斷地併吞諸侯國，準備完成統一天下的大業。

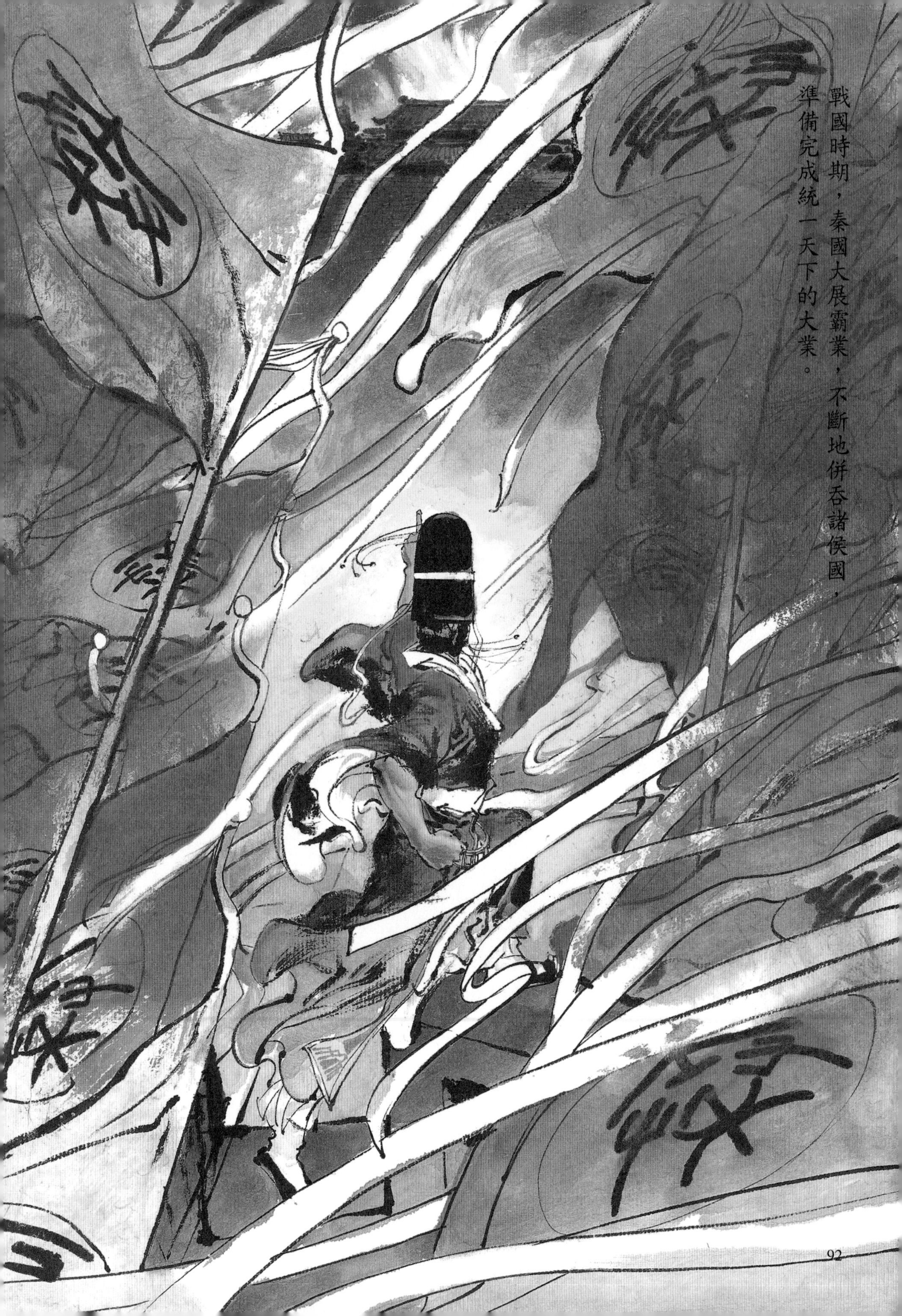

燕國太子丹眼見戰禍將臨，特派荊軻、秦舞陽前往秦國刺殺秦王……
易水
！
風蕭蕭兮～

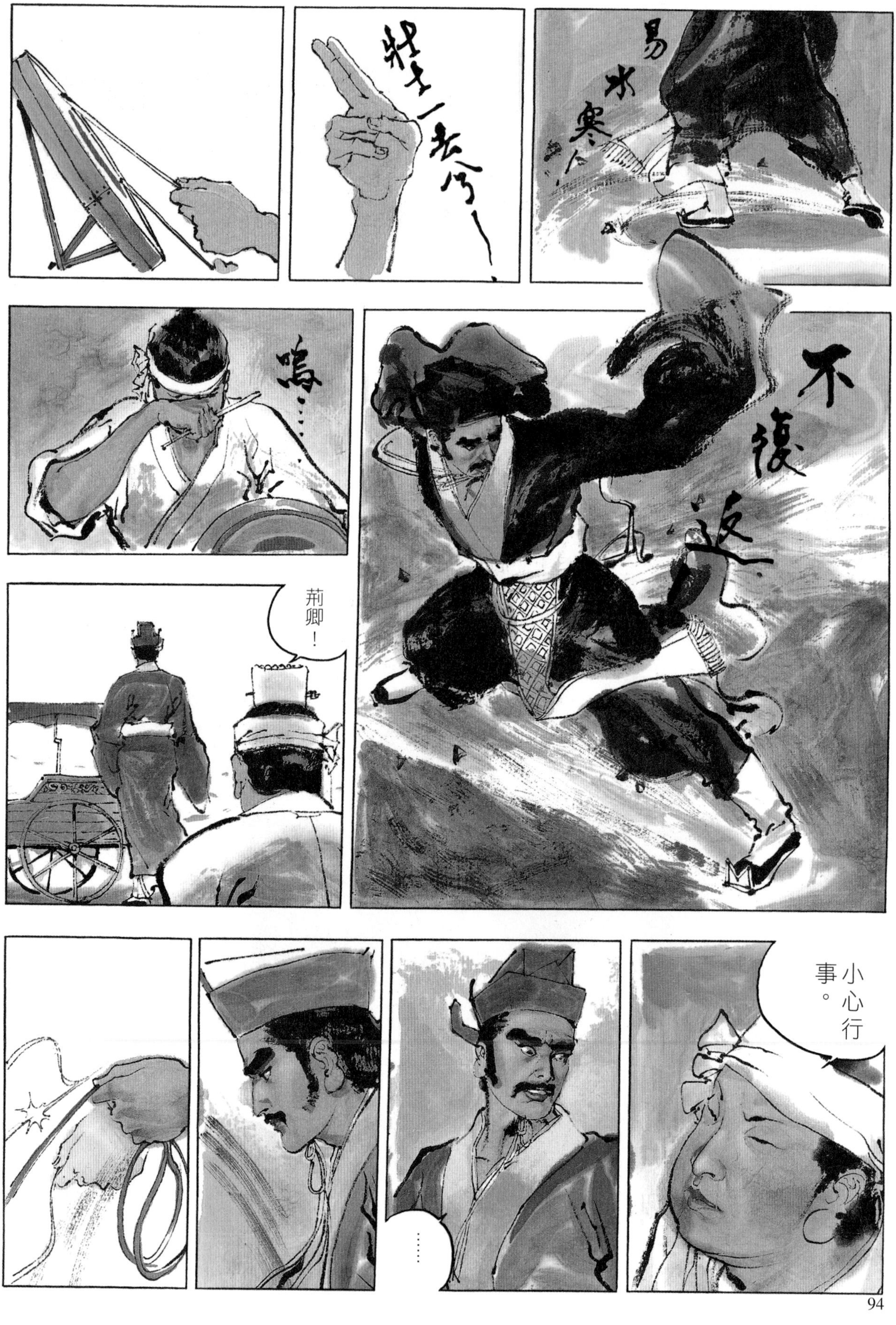
壯士一去兮
易水寒
嗚……
不復返
荊卿！
……
小心行事。

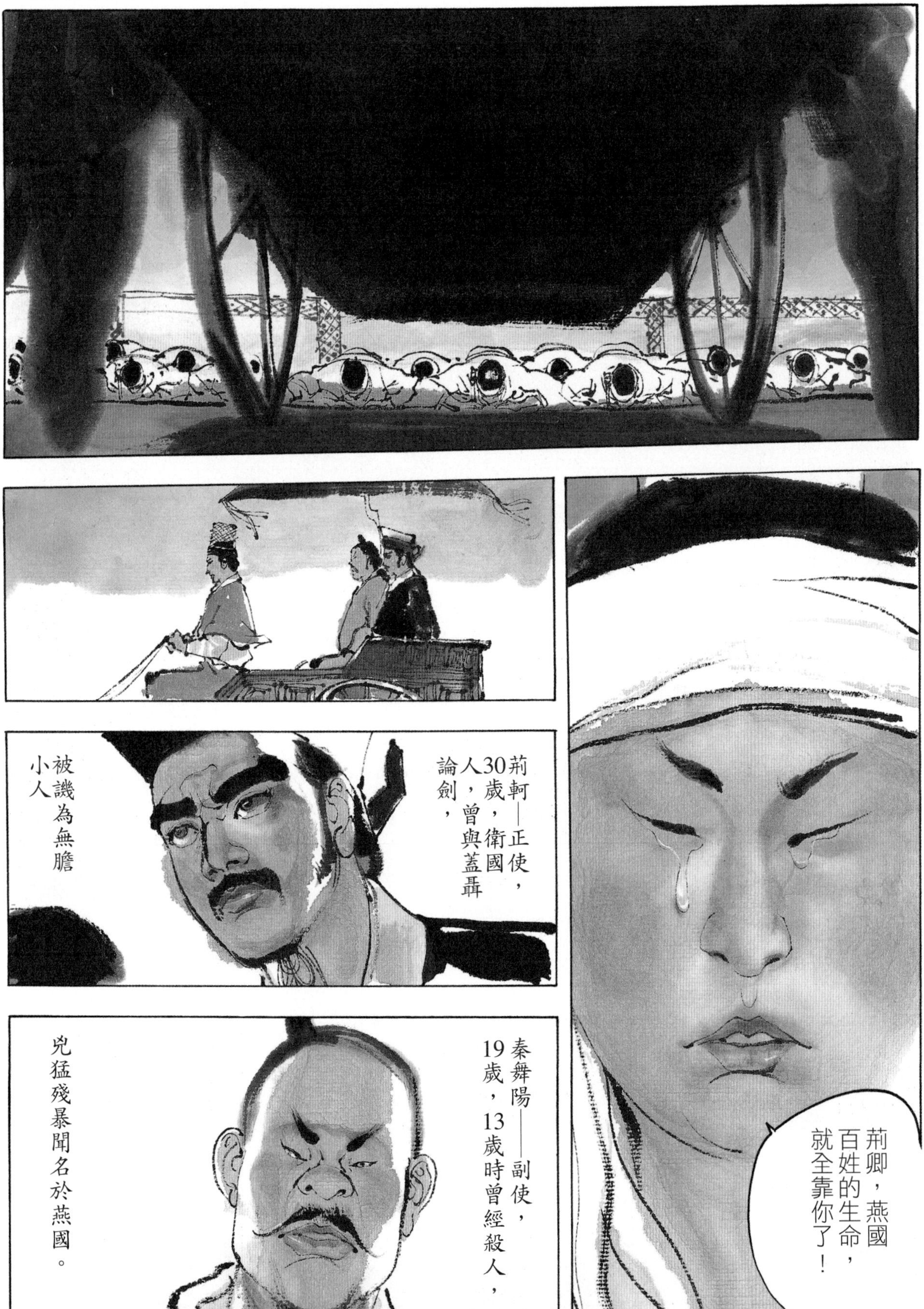
荊卿，燕國百姓的生命，就全靠你了！
荊軻——正使，30歲，衛國人，曾與蓋聶論劍，
被譏為無膽小人
秦舞陽——副使，19歲，13歲時曾經殺人，
兇猛殘暴聞名於燕國。

荊軻到了秦國，準備獻上「督亢」的地圖，和秦國叛將樊於期的首級。秦王大喜，特設九賓大禮在咸陽宮接見。
荊軻和秦舞陽，一前一後的走向咸陽宮。
這次的刺殺行動，他們已經演練了千次以上，
不僅是咸陽宮前的石碑，連秦王嬴政的座位方向，他們都非常的熟悉。
換句話說，荊軻現在走的步伐，也是經過仔細計算，

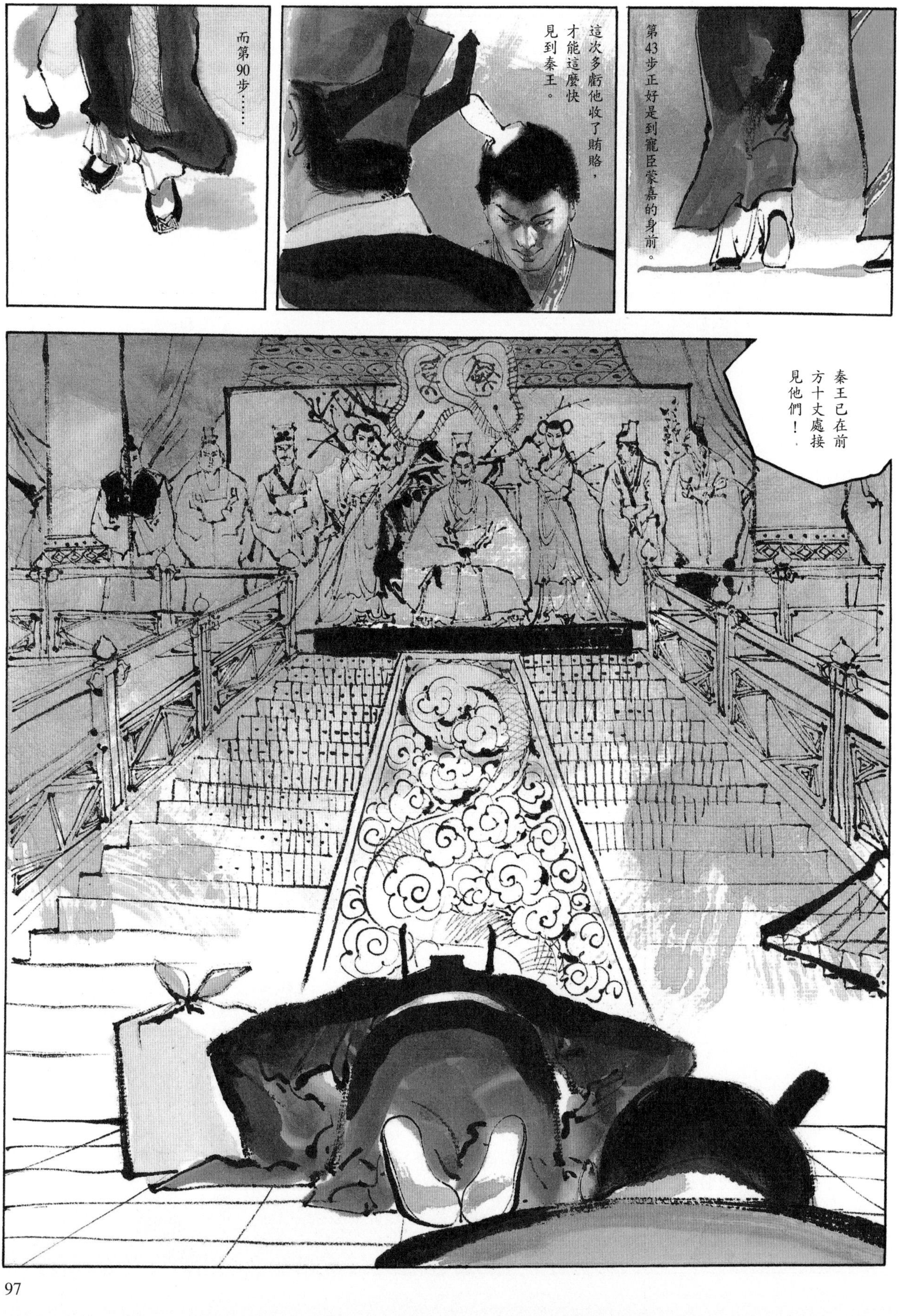
第43步正好是到寵臣蒙嘉的身前。
這次多虧他收了賄賂，才能這麼快見到秦王。
而第90步……
秦王已在前方十丈處接見他們！

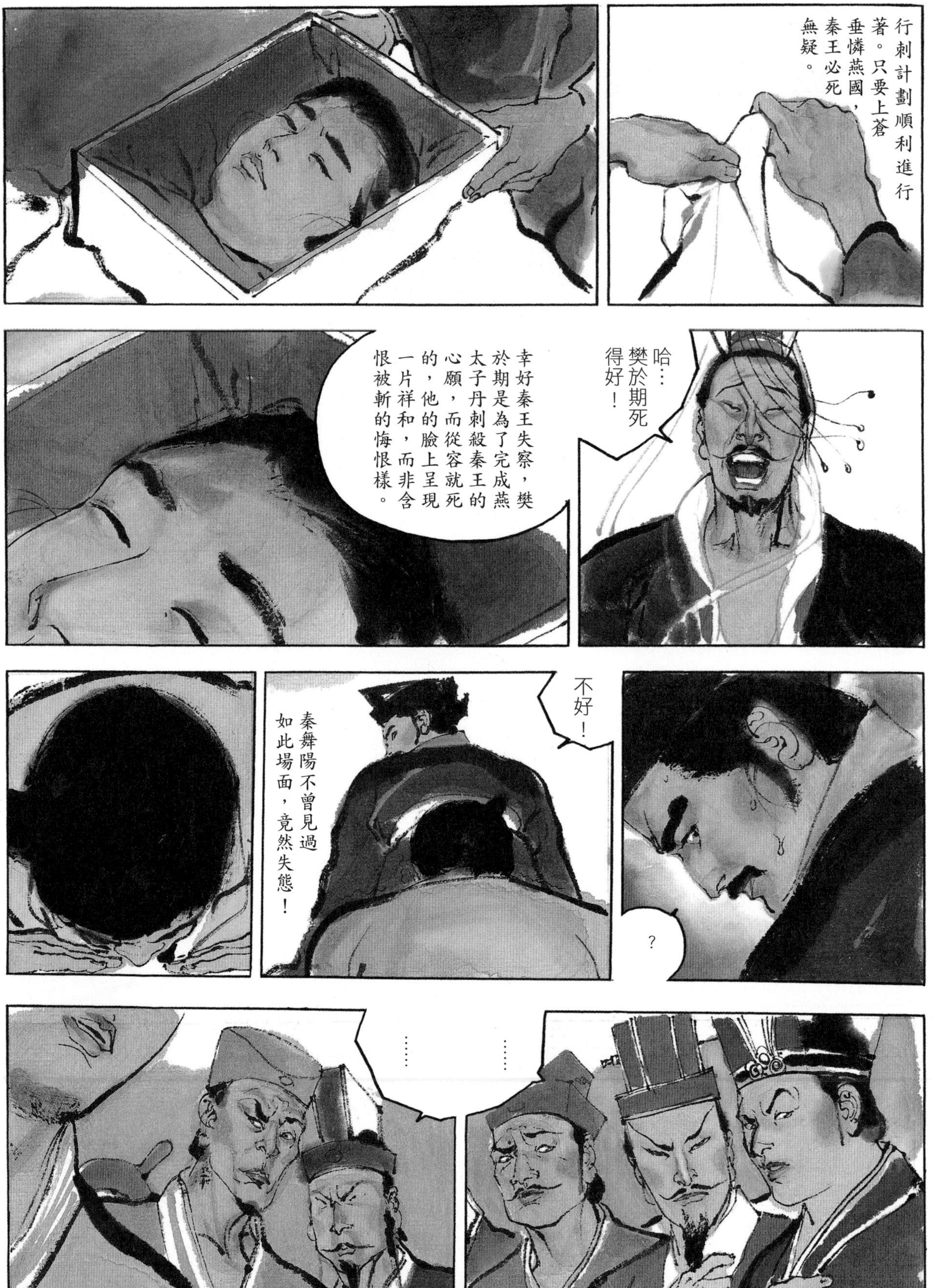
行刺計劃順利進行著。只要上蒼垂憐燕國，秦王必死無疑。
哈…樊於期死得好！
幸好秦王失察，樊於期是為了完成燕太子丹刺殺秦王的心願，而從容就死的，他的臉上呈現一片祥和，而非含恨被斬的悔恨樣。
不好！
?
秦舞陽不曾見過如此場面，竟然失態！
……
……

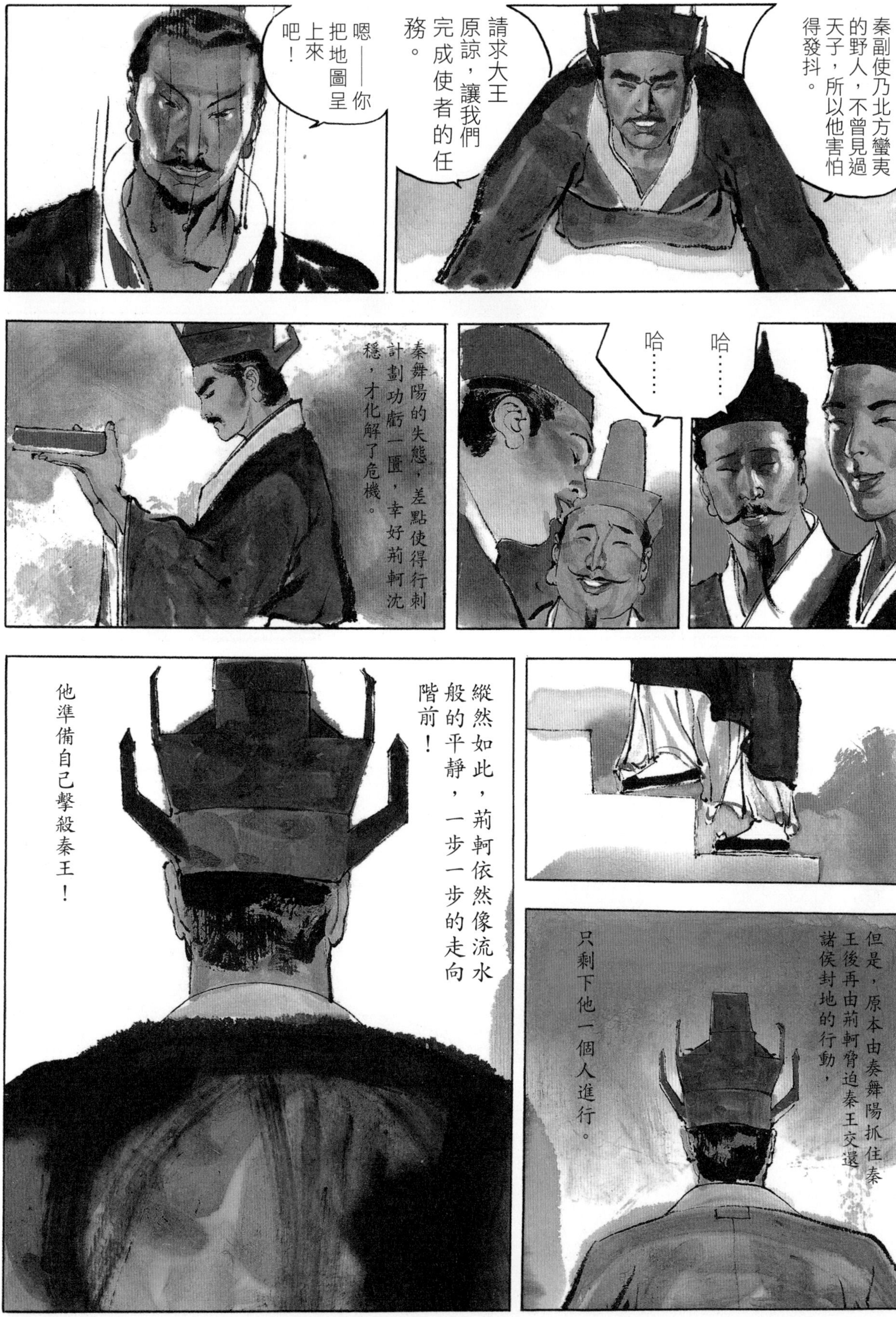
秦副使乃北方蠻夷的野人，不曾見過天子，所以他害怕得發抖。
請求大王原諒，讓我們完成使者的任務。
嗯——你把地圖呈上來吧！
哈……
哈……
秦舞陽的失態，差點使得行刺計劃功虧一匱，幸好荊軻沈穩，才化解了危機。
但是，原本由秦舞陽抓住秦王後再由荊軻脅迫秦王交還諸侯封地的行動，
只剩下他一個人進行。
縱然如此，荊軻依然像流水般的平靜，一步一步的走向階前！
他準備自己擊殺秦王！

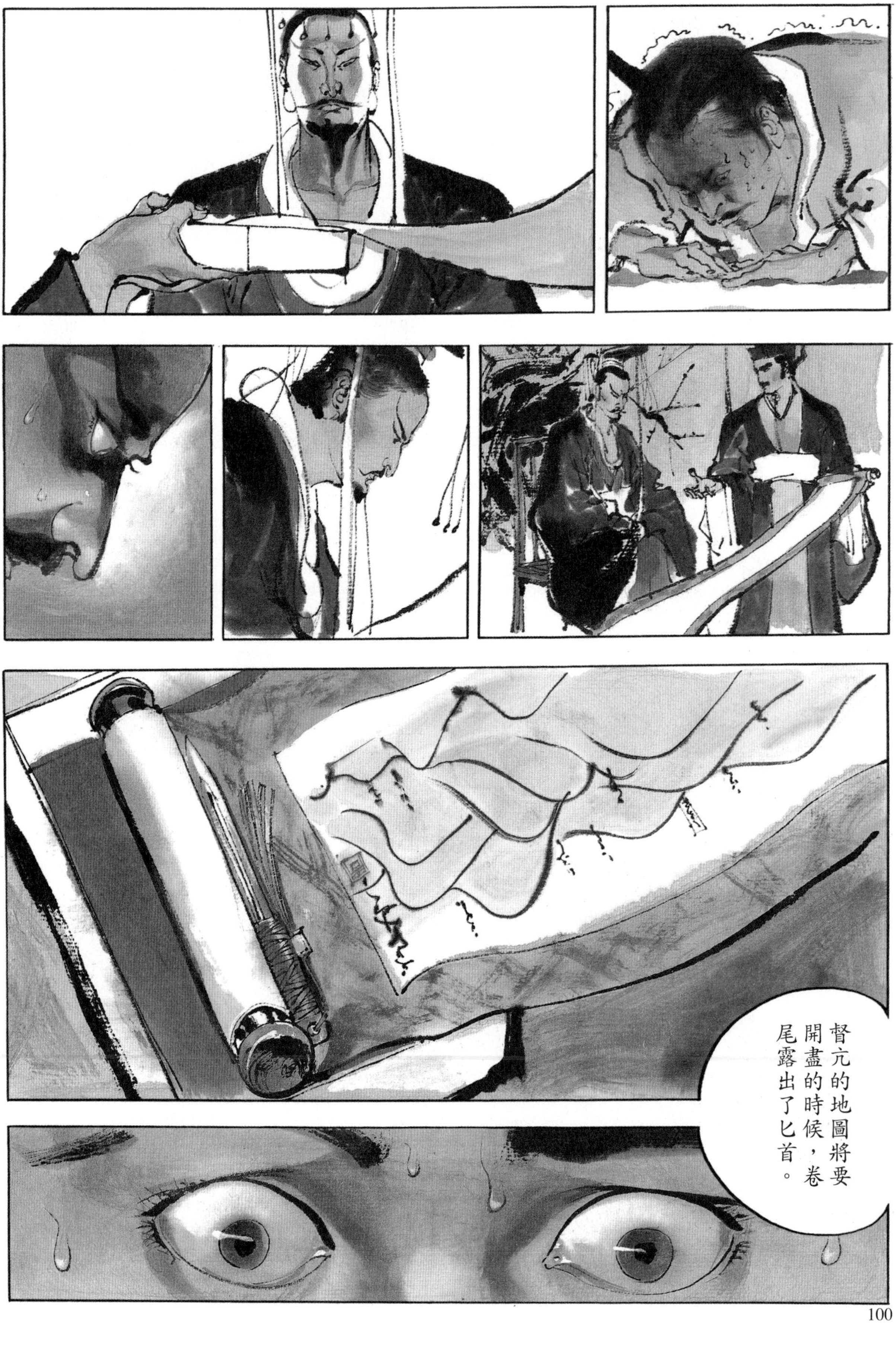
督亢的地圖將要開盡的時候，卷尾露出了匕首。

秦王！
秦王用力一甩，絲帛大袖分成兩片！
撕
刺客啊！

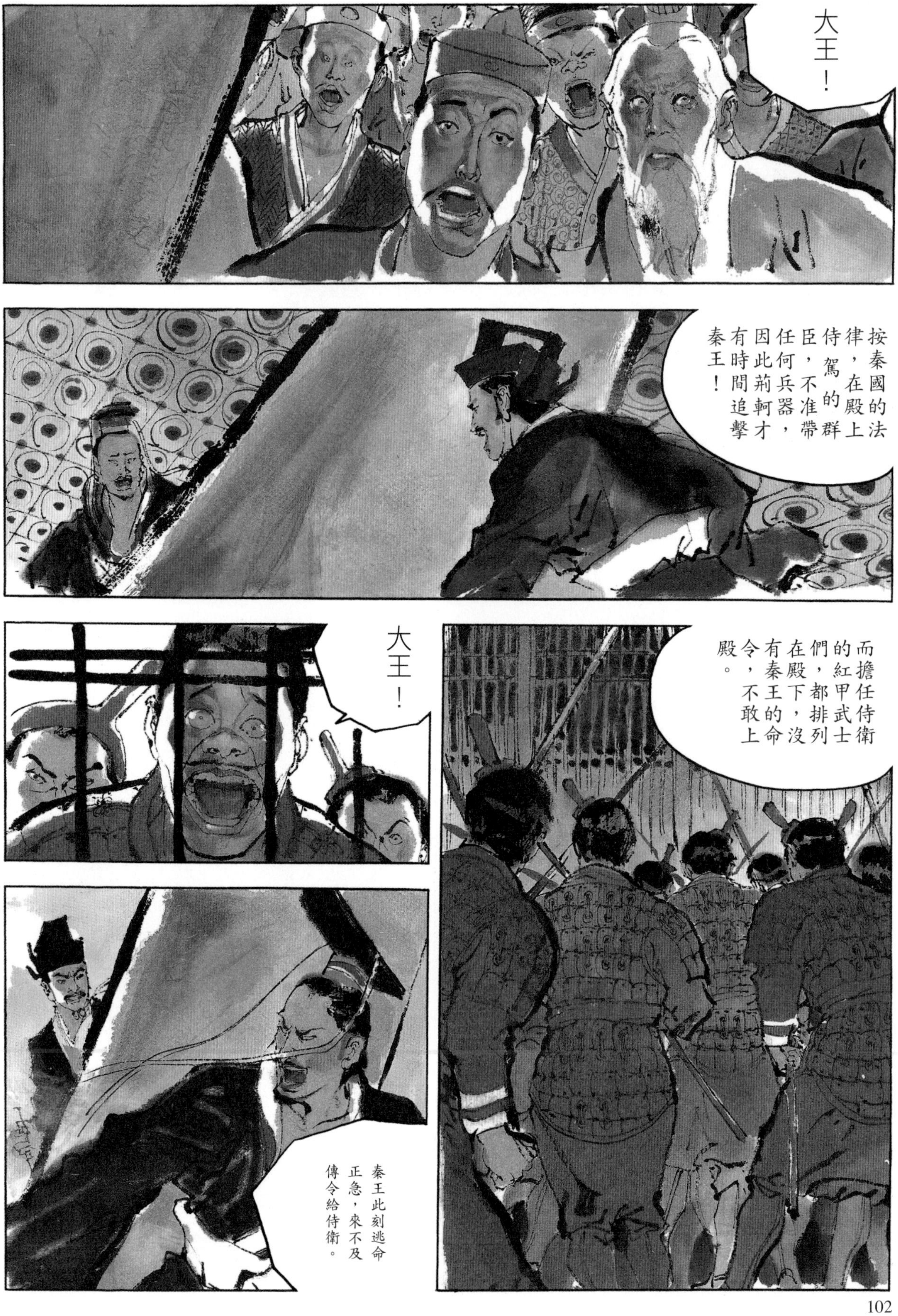
大王！
按秦國的法律，在殿上侍駕的群臣，不准帶任何兵器，因此荊軻才有時間追擊秦王！
大王！
秦王此刻逃命正急，來不及傳令給侍衛。
而擔任侍衛的武士們，都排列在殿下，沒有秦王的命令，不敢上殿。

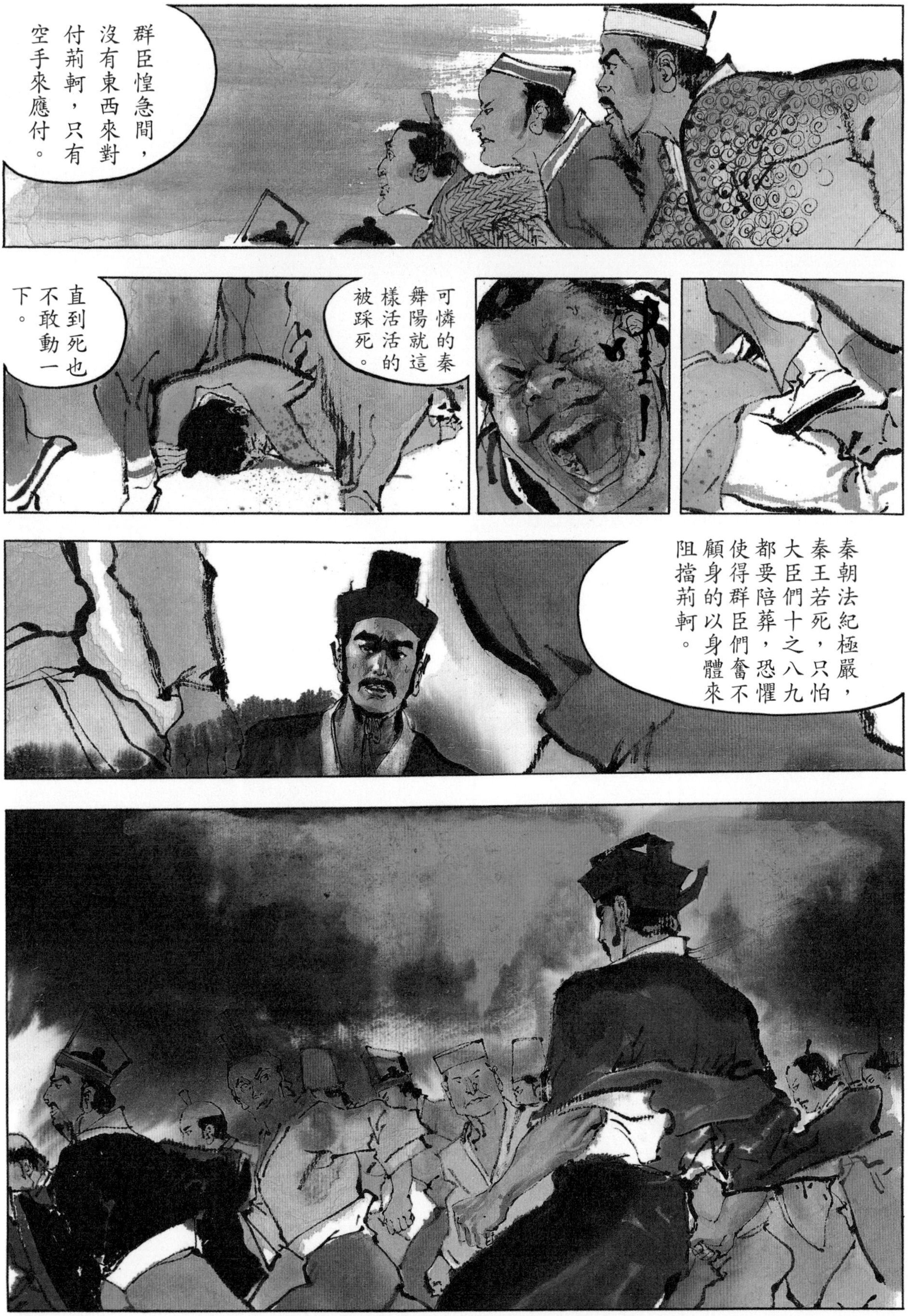
群臣惶急間，沒有東西來對付荊軻，只有空手來應付。
可憐的秦舞陽就這樣活活的被踩死。
直到死也不敢動一下。
秦朝法紀極嚴，秦王若死，只怕大臣們十之八九都要陪葬，恐懼使得群臣們奮不顧身的以身體來阻擋荊軻。

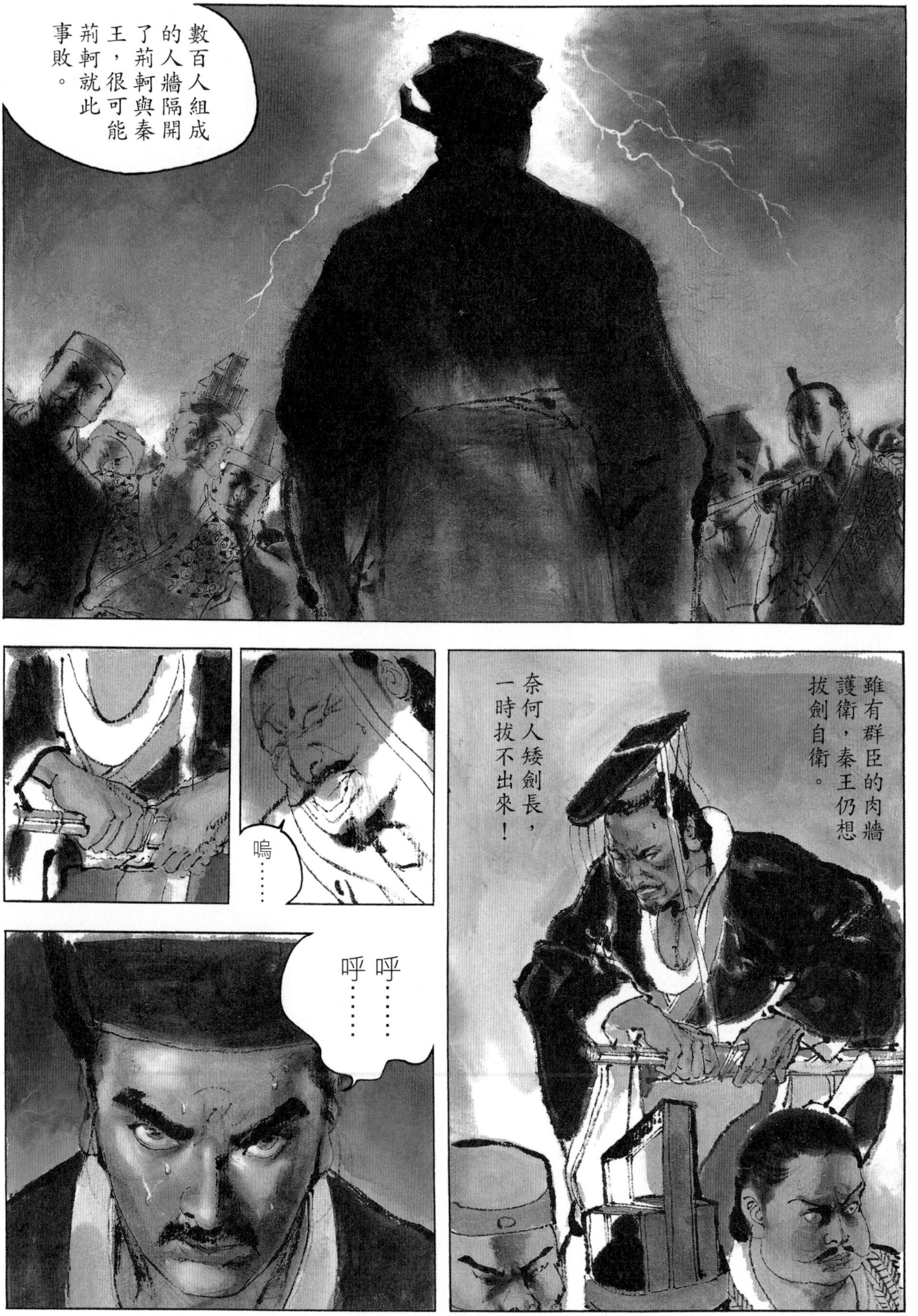
數百人組成的人牆隔開了荊軻與秦王，很可能荊軻就此事敗。
雖有群臣的肉牆護衛，秦王仍想拔劍自衛。
奈何人矮劍長，一時拔不出來！
嗚……
呼……呼……

咚
……
哈

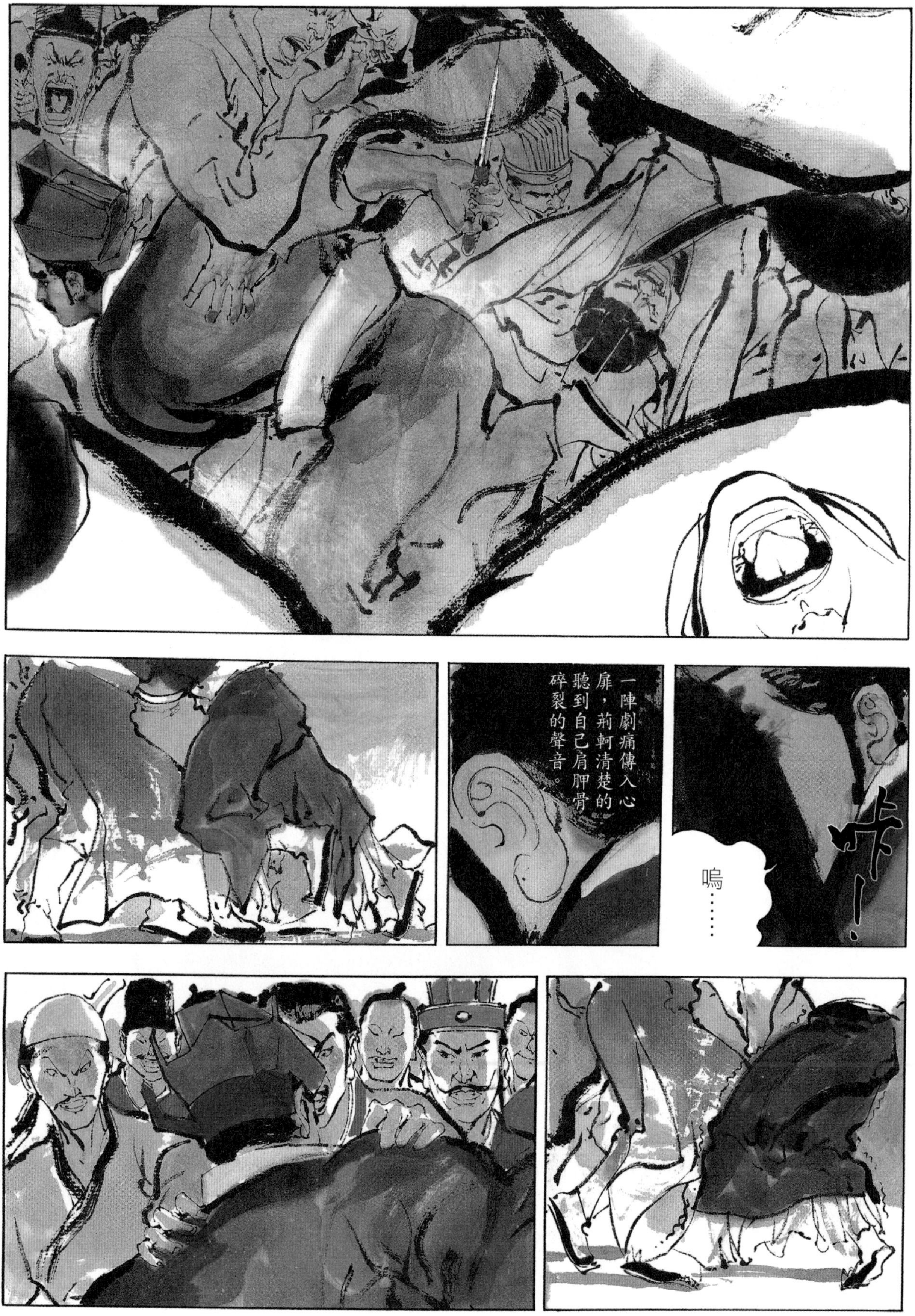
咔！
嗚……
一陣劇痛傳入心扉，荊軻清楚的聽到自己肩胛骨碎裂的聲音。

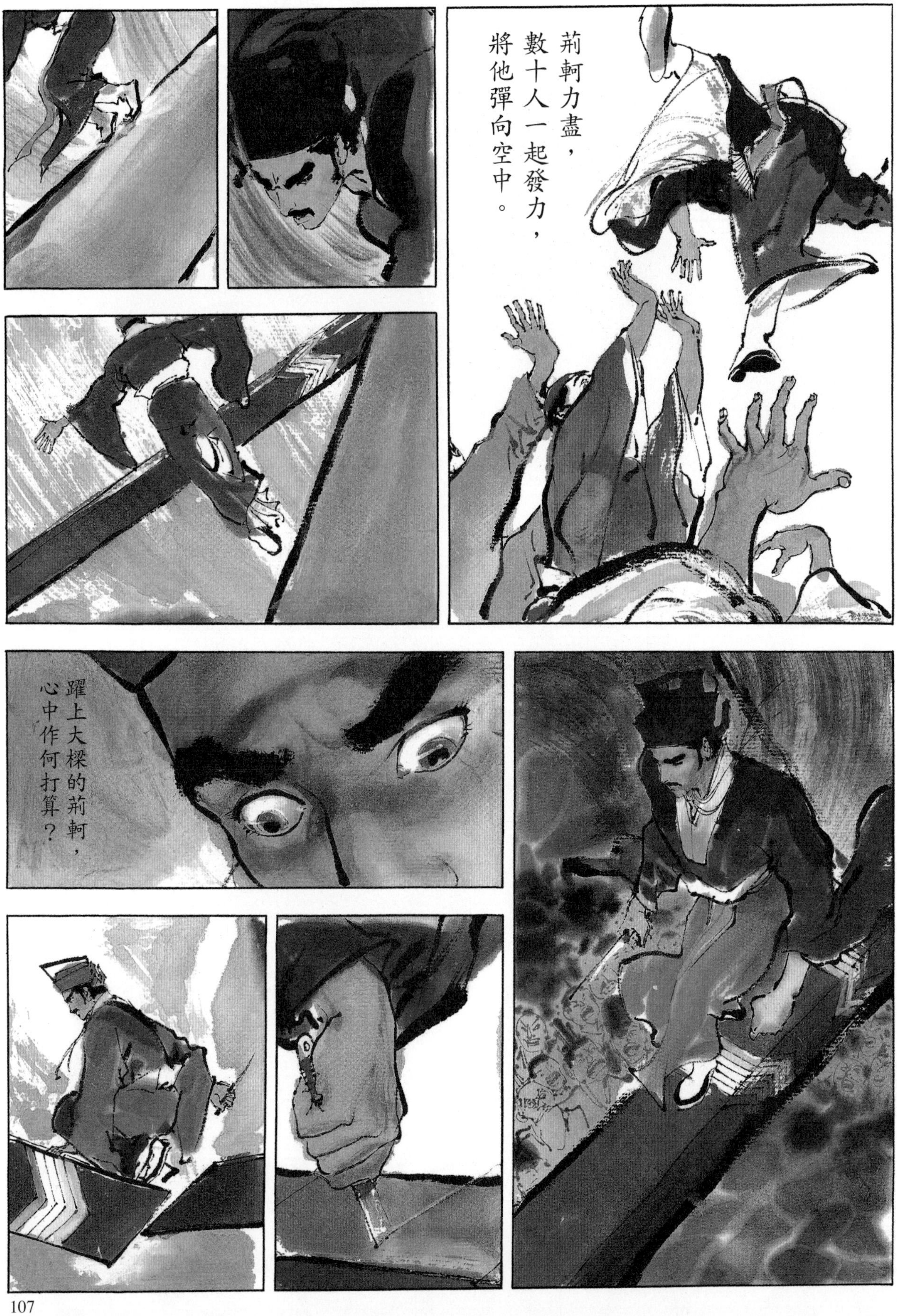
荊軻力盡，
數十人一起發力，
將他彈向空中。
躍上大樑的荊軻，
心中作何打算？

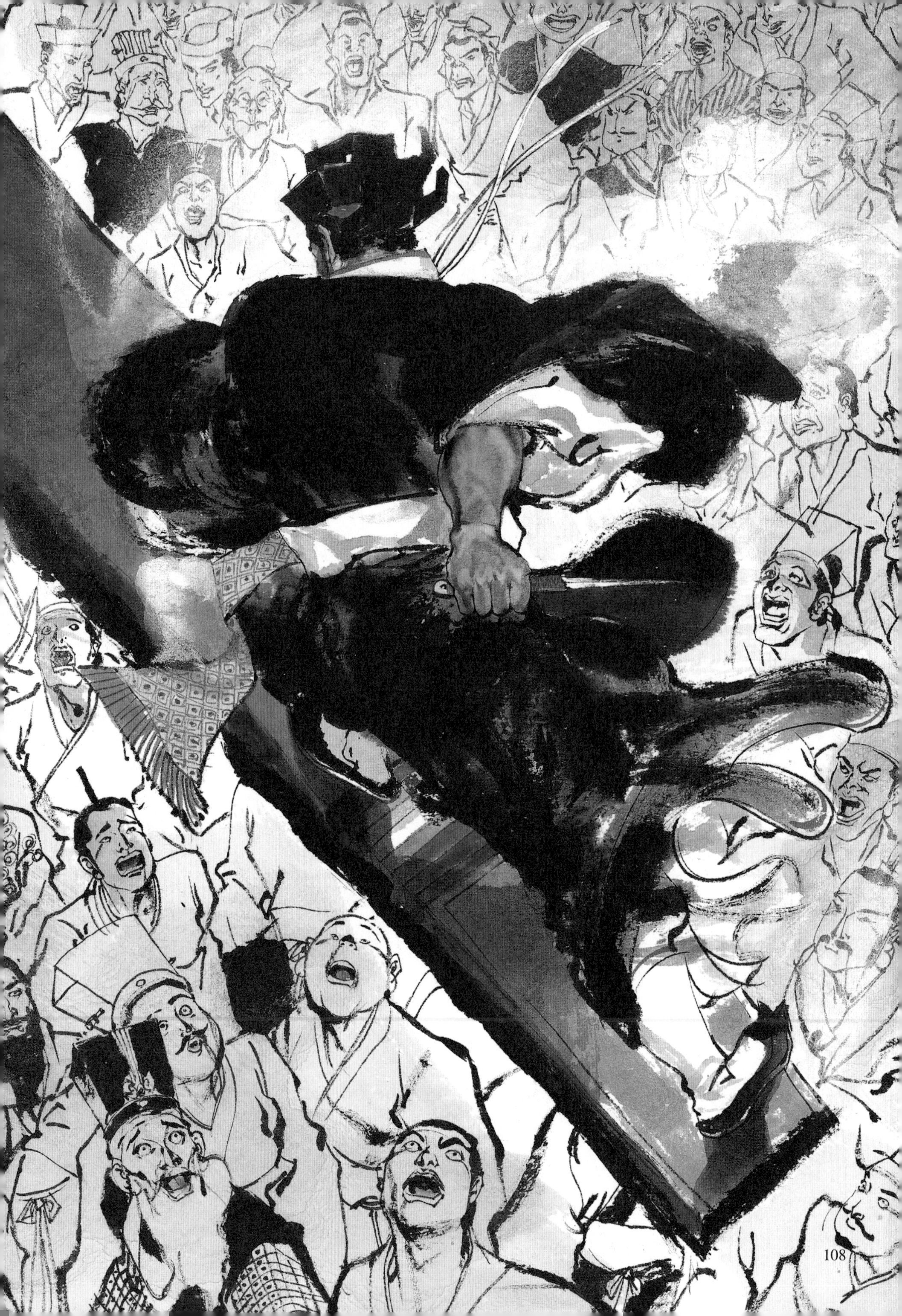

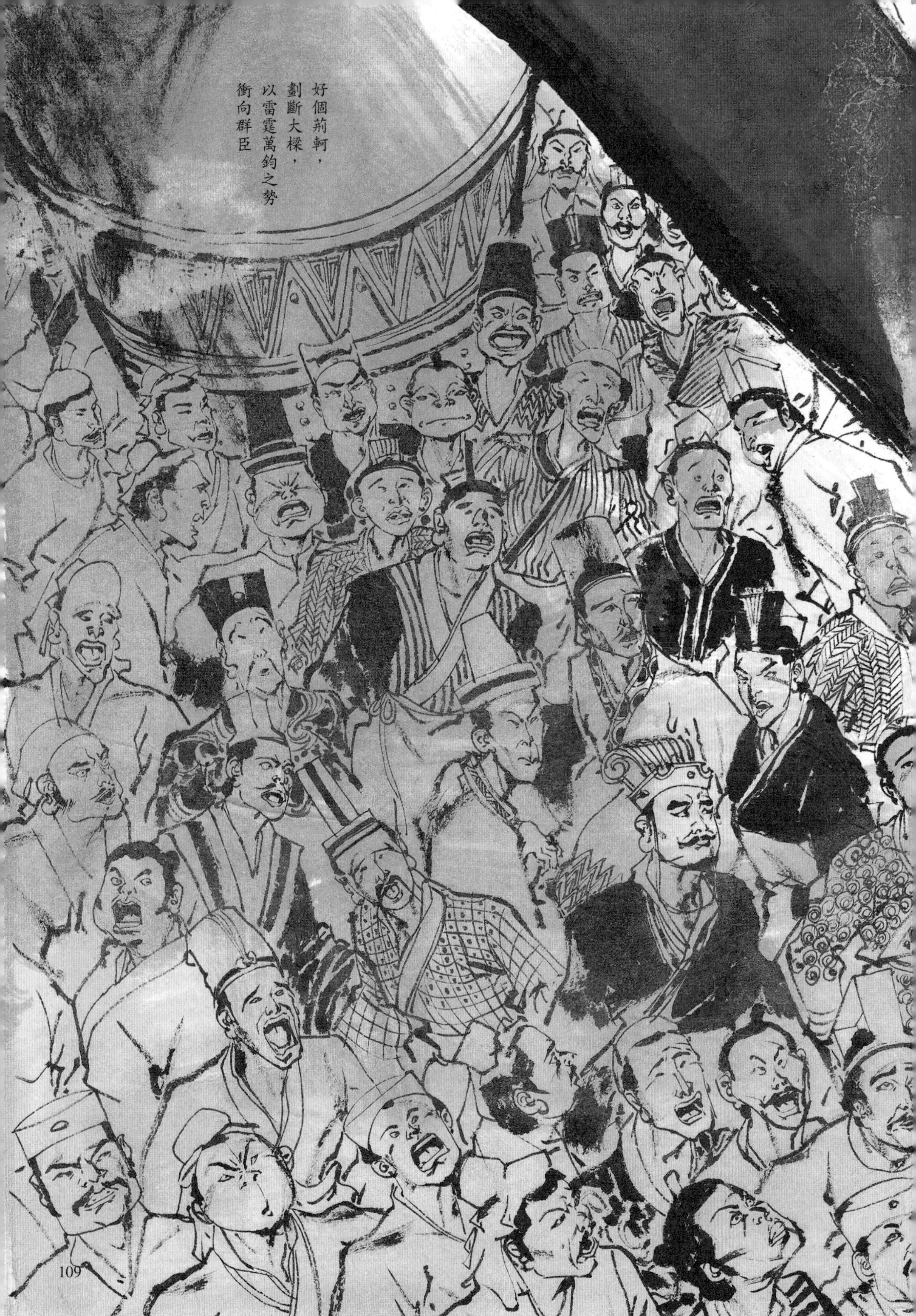
好個荊軻，
劃斷大樑，
以雷霆萬鈞之勢
衝向群臣

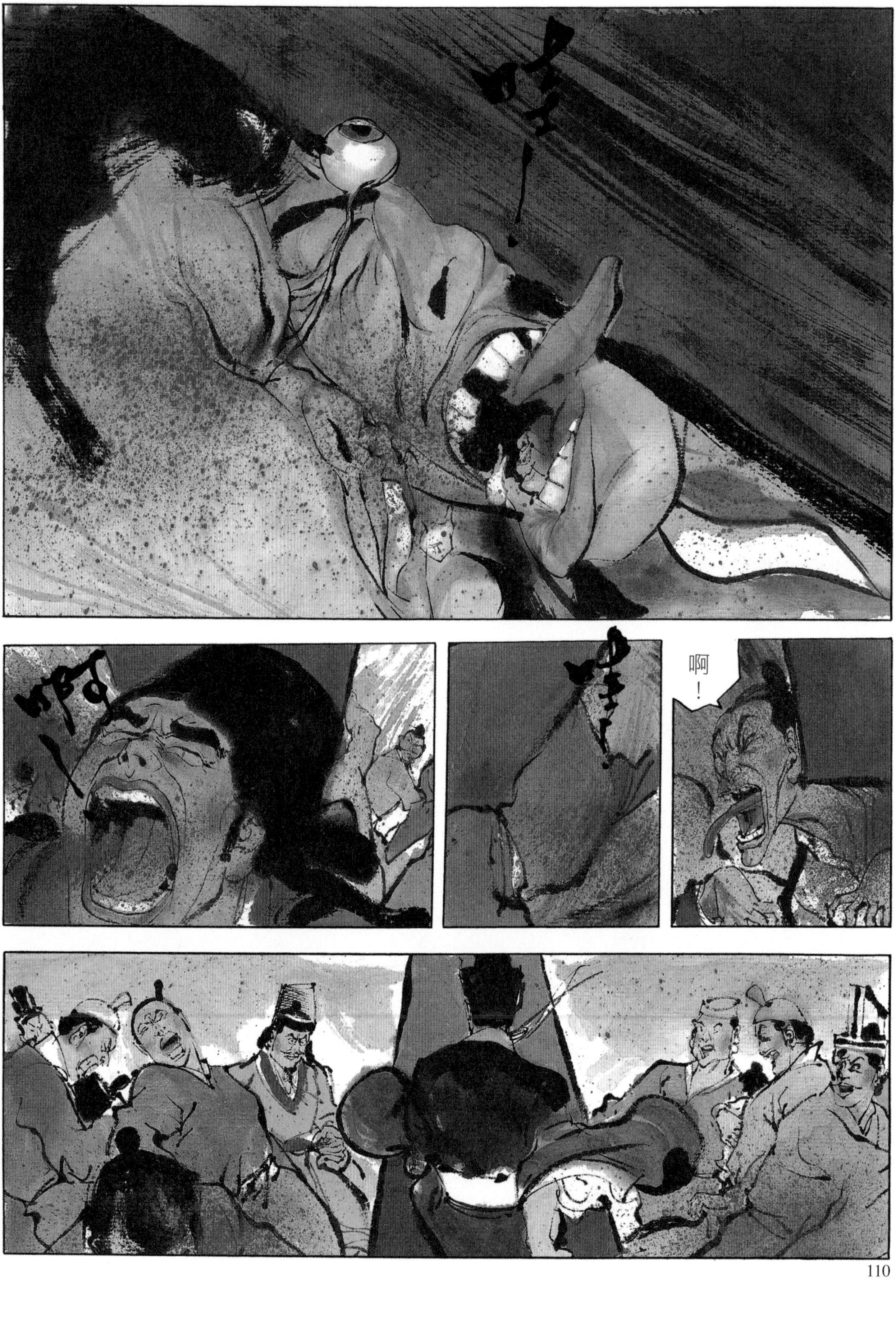
啊！

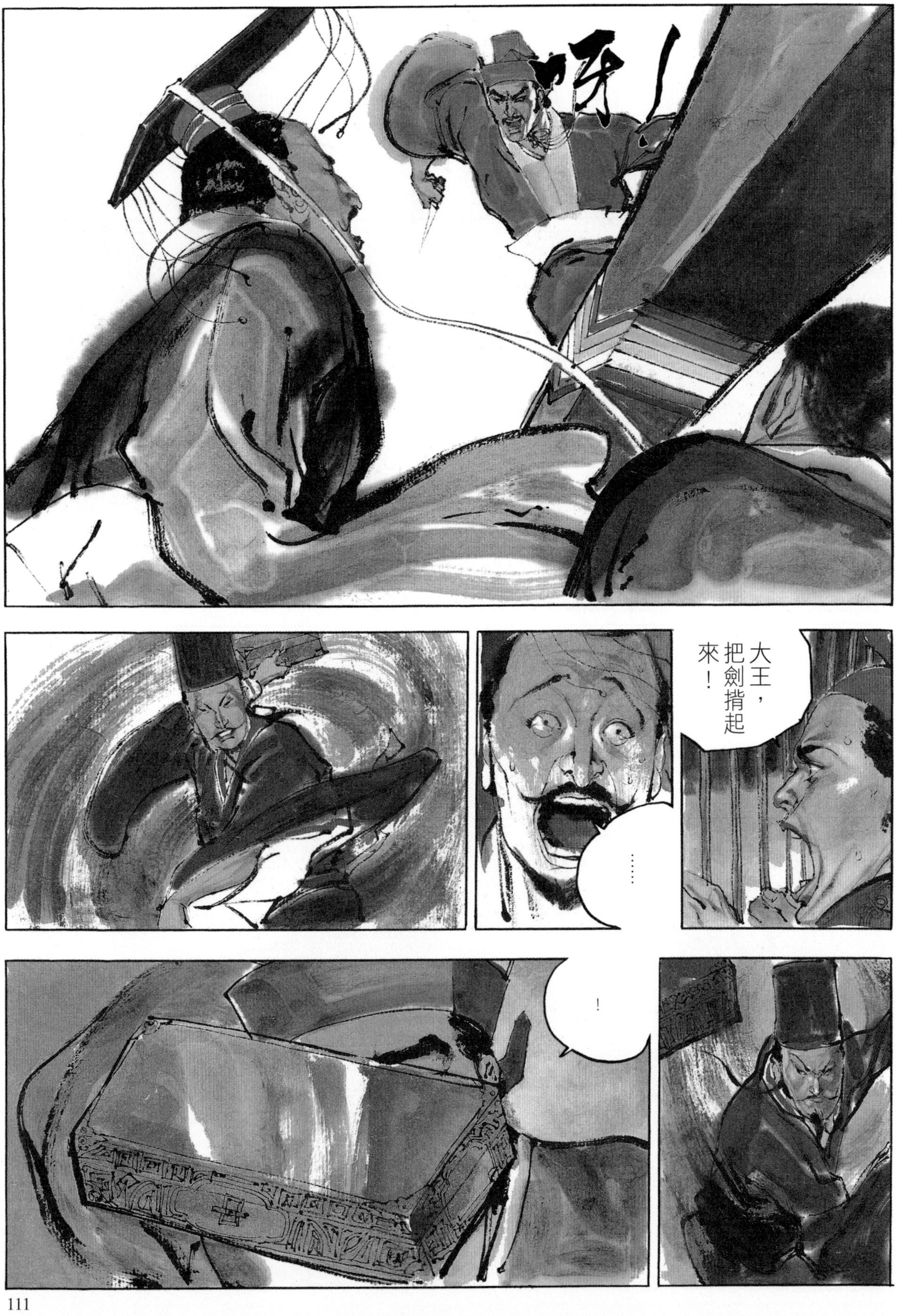
呀
大王，把劍揹起來！
……
！

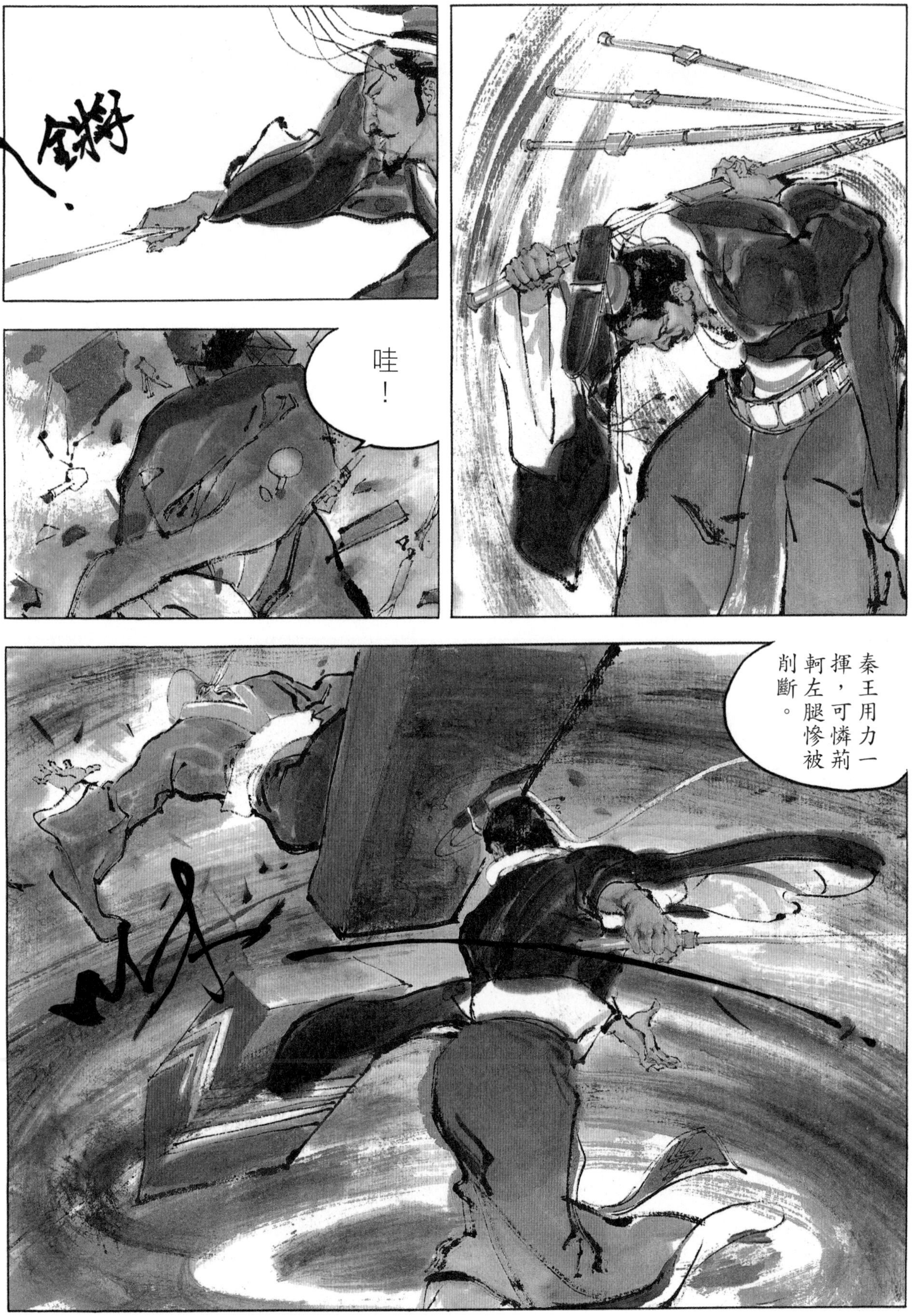
鏘
哇！
秦王用力一揮，可憐荊軻左腿慘被削斷。

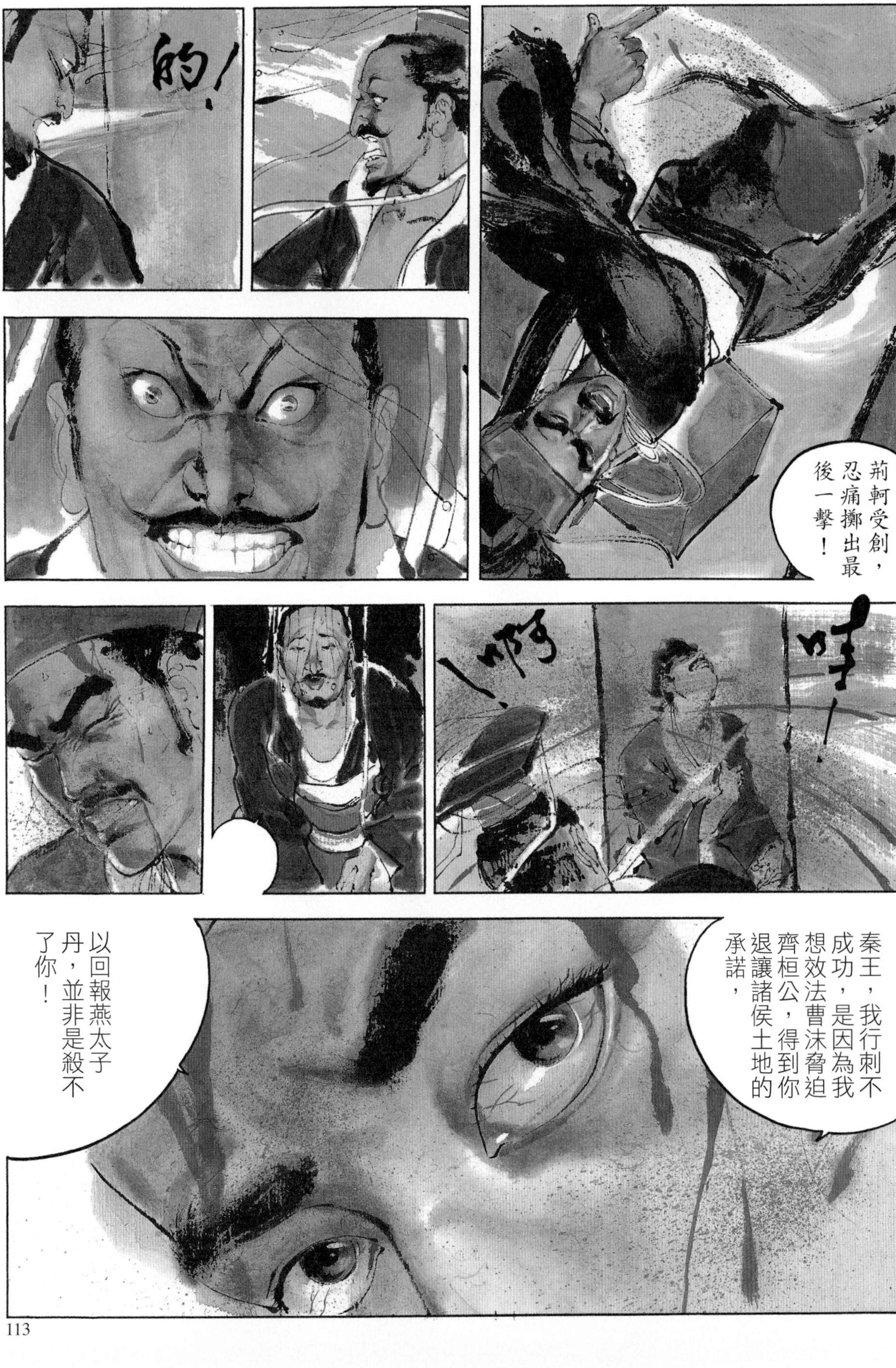

的！
荊軻受創，忍痛擲出最後一擊！
哧！
嗖！
秦王，我行刺不成功，是因為我想效法曹沫脅迫齊桓公，得到你退讓諸侯土地的承諾，
以回報燕太子丹，並非是殺不了你！

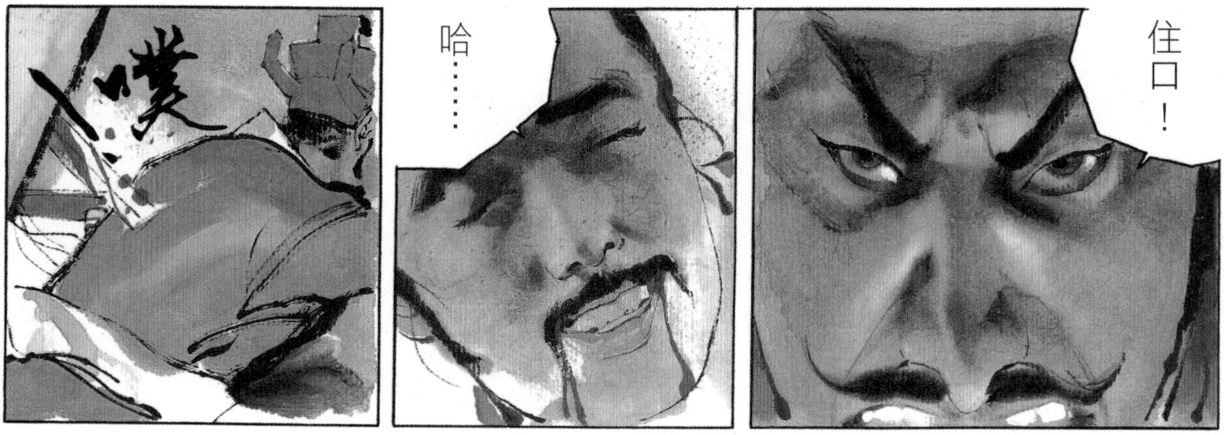

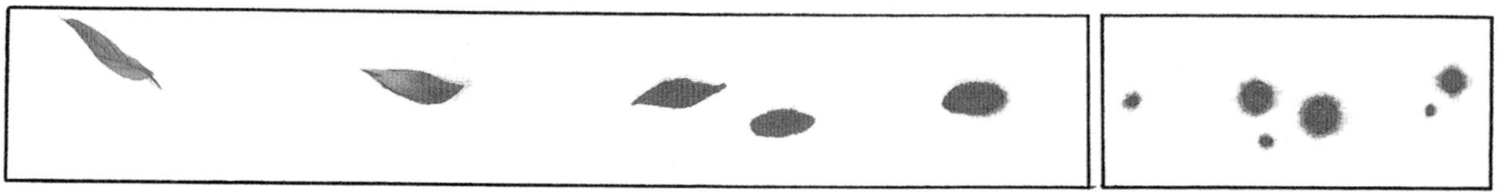

荊軻，30歲，正使，衛國人，
曾與蓋聶論劍，往燕國，燕人謂之荊卿。

荊軻

荊軻者，衛人也，其先乃齊人，徙於衛，衛人謂之慶卿。而之燕，燕人謂之荊卿。

荊卿好讀書擊劍，以術說衛元君，衛元君不用，其後秦伐魏，置東郡，徙衛元君之支屬於野王。

荊軻嘗游過榆次，與蓋聶論劍，蓋聶怒而目之。荊軻出，人或言復召荊軻。蓋聶曰：「曩者吾與論劍有不稱者，吾目之；試往，是宜去，不敢留。」使使往之主人，荊卿則已駕而去榆次矣。使者還報，蓋聶曰：「固去也，吾曩者目攝之。」

荊軻游於邯鄲，魯句踐與荊軻博，爭道，魯句踐怒而叱之，荊軻嘿而逃去，遂不復會。

荊軻既至燕，愛燕之狗屠及善擊筑者高漸離。荊軻嗜酒，日與狗屠及高漸離飲於燕市，酒酣以往，高漸離擊筑，荊軻和而歌於市中，相樂也，已而相泣，旁若無人者。荊軻雖游於酒人乎，然其為人沈深好書；其所游諸侯，盡與其賢豪長者相結，其之燕，燕之處士田光先生亦善待之，知其非庸人也。

居頃之，會燕太子丹質秦亡歸燕。燕太子丹者，故嘗質於趙，而秦王政生於趙，其少時與丹驩。及政立為秦王，而丹質於秦。秦王之遇燕太子丹不善，故丹怨而亡歸。歸而求為報秦王者，國小，力不能。其後秦日出兵山東以伐齊、楚、三晉，稍蠶食諸侯，且至於燕，燕君臣皆恐禍之至。太子丹患之，問其傅鞠武，武對曰：「秦地遍天下，威脅韓、魏、趙氏。北有甘泉、谷口之固。南有涇、渭之沃，擅巴、漢之饒，右隴、蜀之山，左關、郩之險，民眾而士厲，兵革有餘。意有所出，則長城之南，易水以北，未有所定也。奈何以見陵之怨，欲批其逆鱗哉！」丹曰：「然則何由？」對曰：「請入圖之。」

居有閒，秦將樊於期得罪於秦王，亡之燕，太子受而舍之，鞠武諫曰：「不可。夫以秦王之暴而積怒於燕，足為寒心，又況聞樊將軍之所在乎？是謂『委肉當餓虎之蹊』也，禍必不振矣！雖有管、晏，不能為之謀也。願太子疾遣樊將軍入匈奴以滅口。請西約三晉，南連齊、楚，北購於單于，其後迺可圖也。」太子曰：「太傅之計，曠日彌久，心惛然，恐不能須臾。且非獨於此

也，夫樊將軍窮困於天下，歸身於丹，丹終不以迫於彊秦而棄所哀憐之交，置之匈奴，是固丹命卒之時也。願太傅更慮之。」鞠武曰：「夫行危欲求安，造禍而求福，計淺而怨深，連結一人之後交，不顧國家之大害，此所謂『資怨而助禍』矣。夫以鴻毛燎於爐炭之上，必無事矣。且以鵰鷙之秦，行怨暴之怒，豈足道哉！燕有田光先生，其為人智深而勇沈，可與謀。」太子曰：「願因太傅而得交於田先生，可乎？」鞠武曰：「敬諾。」出見田先生，道：「太子願圖國事於先生也」。田光曰：「敬奉教。」乃造焉。

太子逢迎，卻行為導，跪而蔽席。田光坐定，左右無人。太子避席而請曰：「燕秦不兩立，願先生留意也」。田光曰：「臣聞騏驥盛壯之時，一日而馳千里；至其衰老，駑馬先之。今太子聞光盛壯之時，不知臣精已消亡矣。雖然，光不敢以圖國事，所善荊卿可使也。」太子曰：「願因先生得結交於荊卿，可乎？」田光曰：「敬諾。」即起，趨出。太子送至門，戒曰：「丹所報，先生所言者，國之大事也，願先生勿泄也！」田光俛而笑曰：「諾。」僂行見荊卿，曰：「光與子相善，燕國莫不知。今太子聞光壯盛之時，不知吾形已不逮也，幸而教之曰：『燕秦不兩立，願先生留意也』。光竊不自外，言足下於太子也，願足下過太子於宮。」荊軻曰：「謹奉教。」田光曰：「吾聞之，長者為行，不使人疑之。今太子告光曰：『所言者，國之大事也，願先生必泄』，是太子疑光也。夫為行而使人疑之，非節俠也。」欲自殺以激荊卿，曰：「願足下急過太子，言光已死，明不言也。」因遂自刎而死。

荊軻遂見太子，言田光已死，致光之言。太子再拜而跪，膝行流涕，有頃而后言曰：「丹所以誡田先生毋言者，欲以成大事之謀也，今田先生以死明不言，豈丹之心哉！」荊軻坐定，太子避席頓首曰：「田先生不知丹之不肖，使得至前，敢有所道，此天之所以哀燕而不棄其孤也。今秦有貪利之心，而欲不可足也。非盡天下之地，臣海內之王者，其意不厭。今秦已虜韓王，盡納其地。又舉兵南伐楚，北臨趙，王翦將數十萬之眾距漳、鄴，而李信出太原、雲中。趙不能支秦，必入臣，入臣則禍至燕。燕小弱，數困於兵，今計舉國不足以當秦，諸侯服秦，莫敢合從。

丹之私計愚，以為誠得天下之勇士使於秦，闚以重利。秦王貪，其勢必得所願矣。誠得劫秦王，使悉反諸侯侵地，若曹沫之與齊桓公，則大善矣；則不可，因而刺殺之。彼秦大將擅兵於外而內有亂，則君臣相疑，以其閒諸侯得合從，其破秦必矣。此丹之上願，而不知所委命，唯荊卿留意焉。」久之，荊軻曰：「此國之大事也，臣駑下，恐不足任使。」太子前頓首，固請毋讓，然後許諾。於是尊荊卿為上卿，舍上舍。太子日造門下，供太牢具，異物閒進，車騎美女恣荊軻所欲；以順適其意。

久之，荊軻未有行意，秦將王翦破趙，虜趙王，盡收入其地，進兵北略地至燕南界。太子丹恐懼，乃請荊軻曰：「秦兵旦暮渡易水，則雖欲長侍足下，豈可得哉！」荊軻曰：「微太子言，臣願謁之。今行而毋信，則秦未可親也。夫樊將軍，秦王購之金千斤，邑萬家。誠得樊將軍首與燕督亢之地圖，奉獻秦王，秦王必說見臣，臣乃得有以報。」太子曰：「樊將軍窮困來歸丹，丹不忍以己之私而傷長者之意，願足下更慮之！」

荊軻知太子不忍，乃遂私見樊於期曰：「秦之遇將軍可謂深矣，父母宗族皆為戮沒。今聞購將軍首金千斤，邑萬家，將奈何？」於期仰天太息流涕曰：「於期每念之，常痛於骨髓，顧計不知所出耳！」荊軻曰：「今有一言可以解燕國之患，報將軍之仇者，何如？」於期乃前曰：「為之奈何？」荊軻曰：「願得將軍之首以獻秦王，秦王必喜而見臣，臣左手把其袖，右手揕其匈，然則將軍之仇報而燕見陵之愧除矣。將軍豈有意乎？」樊於期偏袒搤捥而進曰：「此臣之日夜切齒腐心也。乃今得聞教。」遂自剄。太子聞之，馳往，伏屍而哭，極哀。既已不可奈何，乃遂盛樊於期首函封之。

於是太子豫求天下之利匕首，得趙人徐夫人匕首。取之百金，使工以藥焠之，以試人，血濡縷，人無不立死者。乃裝為遣荊卿。燕國有勇士秦舞陽，年十三，殺人，人不敢忤視。乃令秦舞陽為副。荊軻有所待，欲與俱；其人居遠未來，而為治行。頃之，未發，太子遲之，疑其改悔，乃復請曰：「日已盡矣，荊卿豈有意哉？丹請得先遣秦舞陽。」荊軻怒，叱太子曰：「何太子之

遣？往而不返者，豎子也！且提一匕首入不測之彊秦，僕所以留者，待吾客與俱，今太子遲之，請辭決矣！」遂發。

太子及賓客知其事者，皆白衣冠以送之。至易水之上，既祖，取道，高漸離擊筑，荊軻和而歌，為變徵之聲，士皆垂淚涕泣。又前而為歌曰：「風蕭蕭兮易水寒，壯士一去兮不復還！」復為羽聲慷慨，士皆瞋目，髮盡上指冠，於是荊軻就車而去，終已不顧。

遂至秦，持千金之資幣物，厚遺秦王寵臣中庶子蒙嘉，嘉為先言於秦王曰：「燕王誠振怖大王之威，不敢舉兵以逆軍吏，願舉國為內臣，比諸侯之列，給貢職如郡縣，而得奉守先王之宗廟，恐懼不敢自陳，謹斬樊於期之頭，及獻燕督亢之地圖，函封，燕王拜送于庭，使使以聞大王，唯大王命之。」秦王聞之，大喜，乃朝服，設九賓，見燕使者咸陽宮。荊軻奉樊於期頭函，而秦舞陽奉地圖柙，以次進。至陛，秦舞陽色變振恐，群臣怪之。荊軻顧笑舞陽，前謝曰：「北蕃蠻夷之鄙人，未嘗見天子，故振慴，願大王少假借之，使得畢使於前。」秦王謂軻曰：「取舞陽所持地圖。」軻既取圖奏之，秦王發圖，圖窮而匕首見。因左手把秦王之袖，而右手持匕首揕之。未至身，秦王驚，自引而起，袖絕。拔劍，劍長，操其室。時惶急，劍堅，故不可立拔。荊軻逐秦王，秦王環柱而走。群臣皆愕，卒起不意，盡失其度。而秦法，群臣侍殿上者不得持尺寸之兵，諸郎中執兵皆陳殿下，非有詔召不得上。方急時，不及召下兵，以故荊軻乃逐秦王。而卒惶急，無以擊軻。而以手共搏之。是時侍醫夏無且以其所奉藥囊提荊軻也。秦王方環柱走，卒惶急，不知所為，左右乃曰：「王負劍！」負劍，遂拔以擊荊軻，斷其左股。荊軻廢，乃引其匕首以擿秦王，不中，中桐柱，秦王復擊軻，軻被八創，軻自知事不就，倚柱而笑，箕踞以罵曰：「事所以不成者，以欲生劫之，必得約契以報太子也。」於是左右既前殺軻，秦王不怡者良久。已而論功，賞群臣及當坐者各有差，而賜夏無且黃金二百溢，曰：「無且愛我，乃以藥囊提荊軻也。」

於是秦王大怒，益發兵詣趙，詔王翦軍以伐燕。十月而拔薊城。燕王喜、太子丹等盡率其精兵東保於遼東。秦將李信追擊燕王急，代王嘉乃遺燕王喜書曰：「秦所以尤追燕急者，以太子丹故

也。今王誠殺丹獻之秦王。秦王必解，而社稷幸得血食。」其後李信追丹，丹匿衍水中，燕王乃使使斬太子丹，欲獻之秦。秦復進兵攻之。後五年，秦卒滅燕，虜燕王喜。

其明年，秦並天下，立號為皇帝。於是秦逐太子丹、荊軻之客，皆亡。高漸離變名姓為人庸保，匿作於宋子。久之，作苦，聞其家堂上客擊筑，傍徨不能去。每出言曰：「彼有善有不善。」從者以告其主，曰：「彼庸乃知音，竊言是非。」家丈人召使前擊筑，一坐稱善，賜酒。而高漸離念久隱畏約無窮時，乃退，出其裝匣中筑與其善衣，更容貌而前。舉坐客皆驚，下與抗禮，以為上客，使擊筑而歌，客無不流涕而去者。宋子傳客之。聞於秦始皇，秦始皇召見，人有識者，乃曰：「高漸離也。」秦皇帝惜其善擊筑，重赦之，乃矐其目。使擊筑，未嘗不稱善。稍益近之，高漸離乃以鉛置筑中，復進得近，舉筑朴秦皇帝，不中。於是遂誅高漸離，終身不復近諸侯之人。

魯句踐已聞荊軻之刺秦王，私曰：「嗟乎，惜哉其不講於刺劍之術也！甚矣吾不知人也！曩者吾叱之，彼乃以我為非人也！」

太史公曰：世言荊軻，其稱太子丹之命，「天雨粟，馬生角」也，太過。又言荊軻傷秦王，皆非也。始公孫季功、董生與夏無且游，具知其事，為余道之如是。自曹沬至荊軻五人，此其義或成或不成，然其立意較然，不欺其志，名垂後世，豈妄也哉！

【附錄】

一、最後的決鬥
二、劍仙傳奇

「最後的決鬥」與「劍仙傳奇」是我嘗試用彩墨創作漫畫的處女作品，也由於這兩個作品，引發了我日後創作《刺客列傳》的動機。而之所以將此二篇編附於後，無非是想讓讀者能更完整地了解我這一年來從事彩墨漫畫創作的過程。

從「最後的決鬥」到「刺客列傳」，讀者不難從其中發現我一路摸索過來的痕跡；至於二者之間面貌的不同、改變，是不是「進步」則便要由讀者來評判了。

編者按：
- 「最後的決鬥」發表於歡樂漫畫半月刊試刊號第一期。（74/10/2）
- 「劍仙傳奇」發表於歡樂漫畫半月刊試刊號第二期。（74/10/15）
- 「刺客列傳」五篇則自七十四年十二月一日起，在歡樂漫畫半月刊〈創刊1號〉陸續發表。

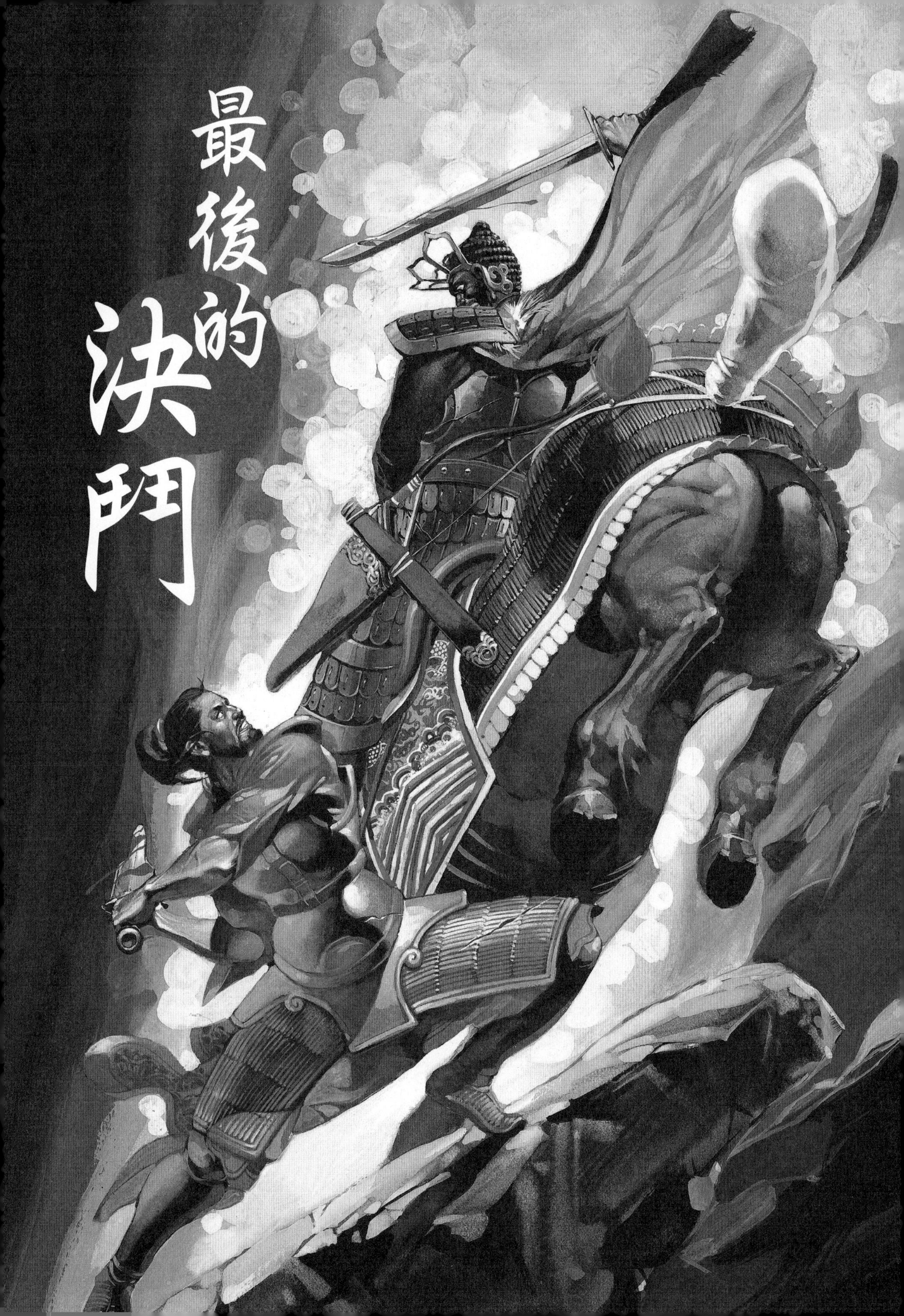
最後的决鬥

春秋時代，吳人干將莫邪夫婦，為鑄神劍，以生命作為火引，終於煉成了天下無雙的兩把名劍。

為了紀念這對夫婦，人們將這兩把神劍合稱為干將莫邪——雄劍為干將，雌劍則為莫邪。

歷經數百年的輾轉流離，在人們幾乎要忘記這件事的時侯，這兩把神劍竟然同時出現在戰場上——

公元一〇三九年，宋遼兩軍在長城旁展開大會戰，雙方殺得屍橫遍野，血流成河。

激戰中，宋軍中躍出一名紅鎧猛將，殺向敵軍，當者無不披靡。

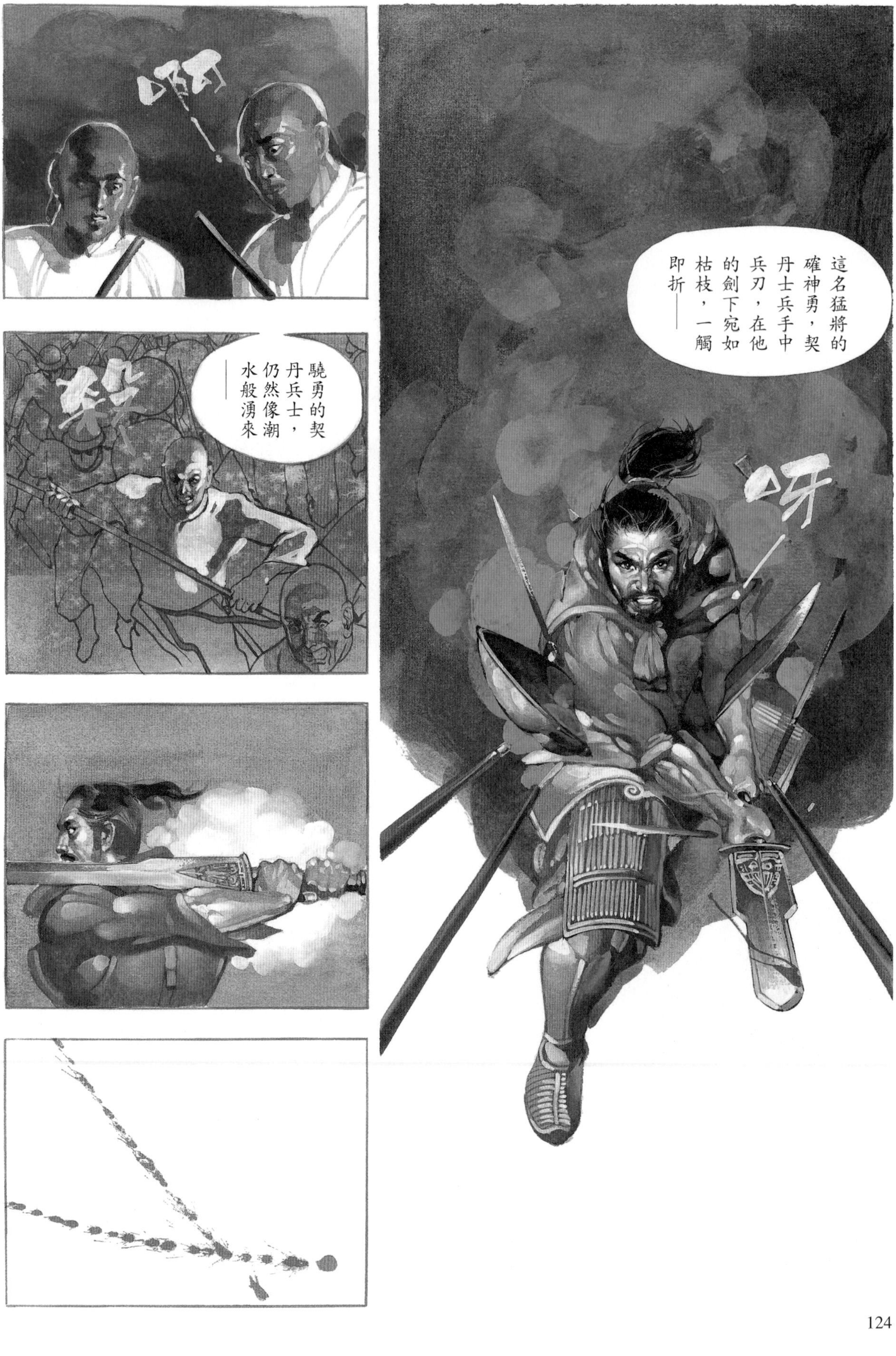
啊！
驍勇的契丹兵士，仍然像潮水般湧來——
殺
這名猛將的確神勇，契丹士兵手中兵刃，在他的劍下宛如枯枝，一觸即折——
呀！

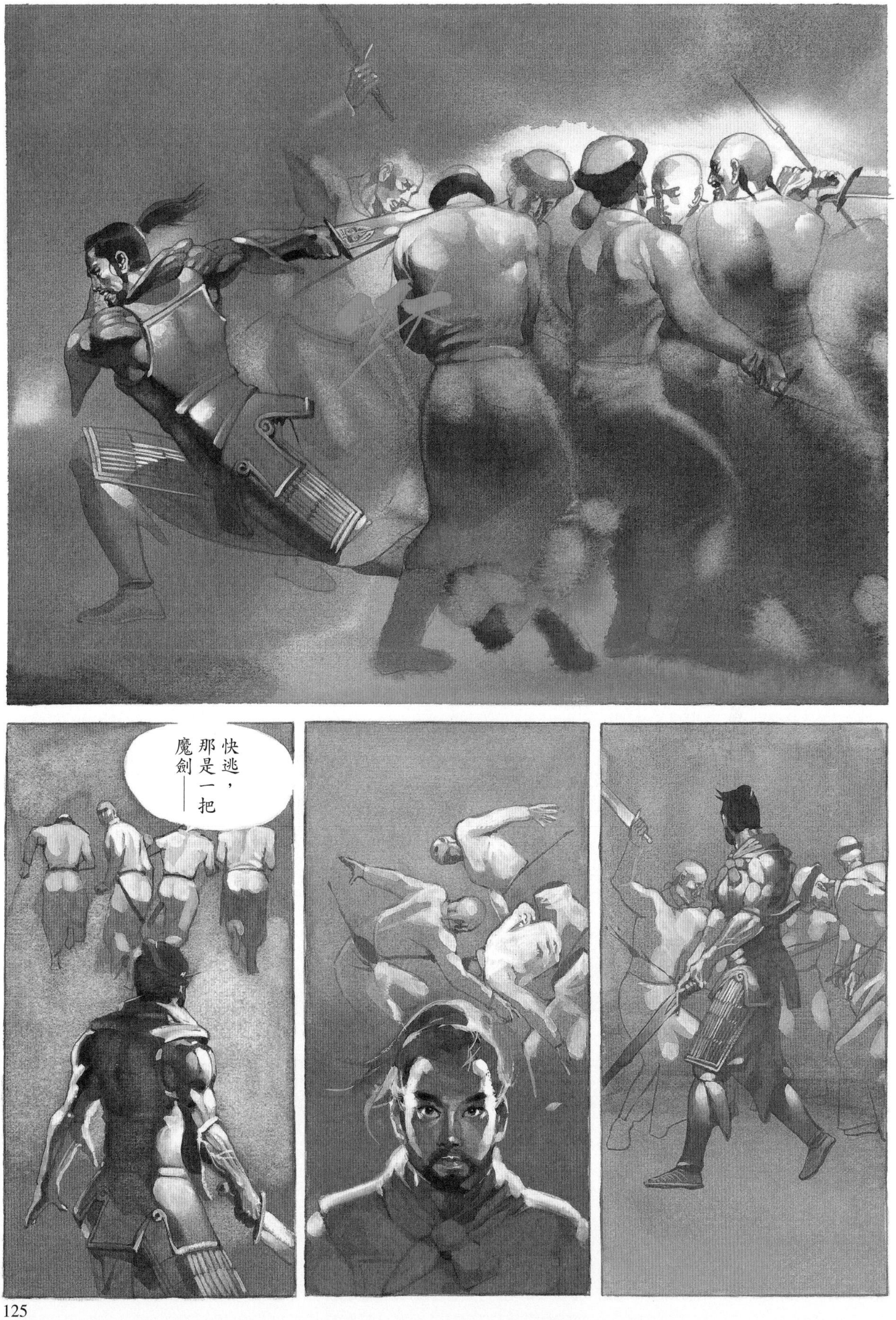
快逃，那是一把魔劍——

沒用的東西，退下！
哇！
我是大遼第一勇士花花準，你手中的劍可是干將？

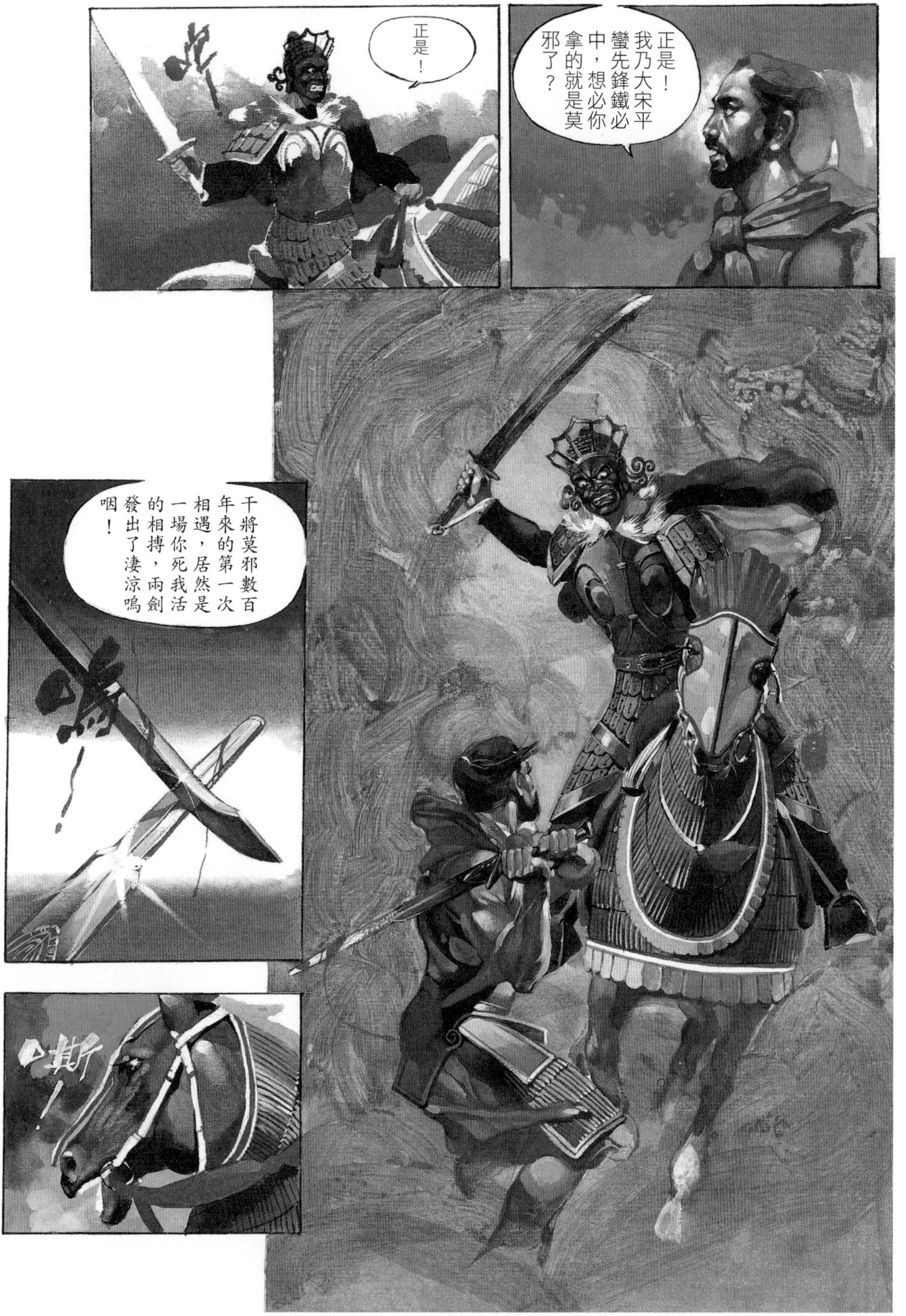
正是！
正是！我乃大宋平蠻先鋒鐵必中，想必你拿的就是莫邪了？
干將莫邪數百年來的第一次相遇，居然是一場你死我活的相搏，兩劍發出了淒涼嗚咽！
嘶！

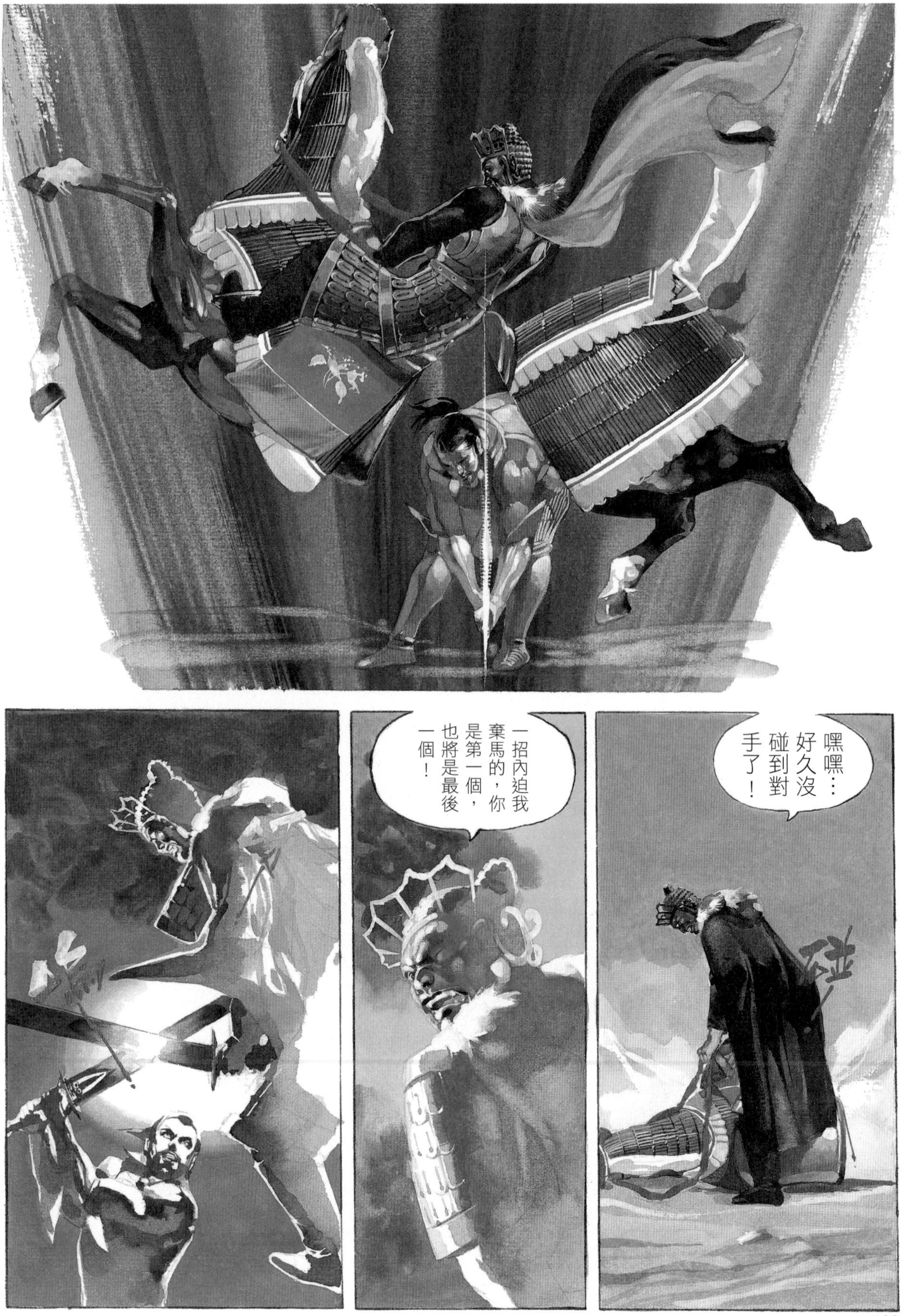
一招內迫我棄馬的，你是第一個，也將是最後一個！
嘿嘿……好久沒碰到對手了！

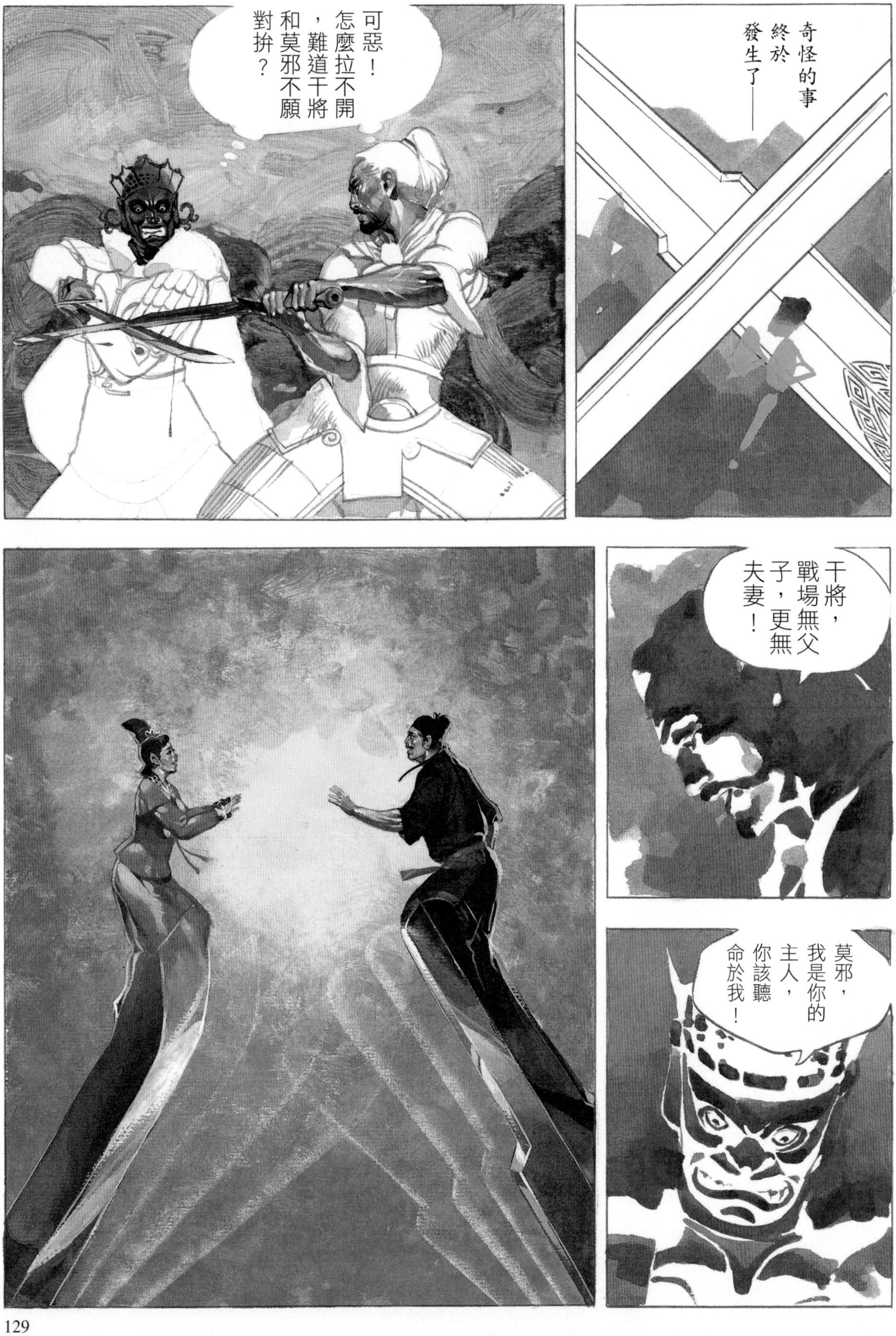
可惡！怎麼拉不開，難道干將和莫邪不願對拚？
奇怪的事終於發生了——
干將，戰場無父子，更無夫妻！
莫邪，我是你的主人，你該聽命於我！

神劍分開再戰！
呀！

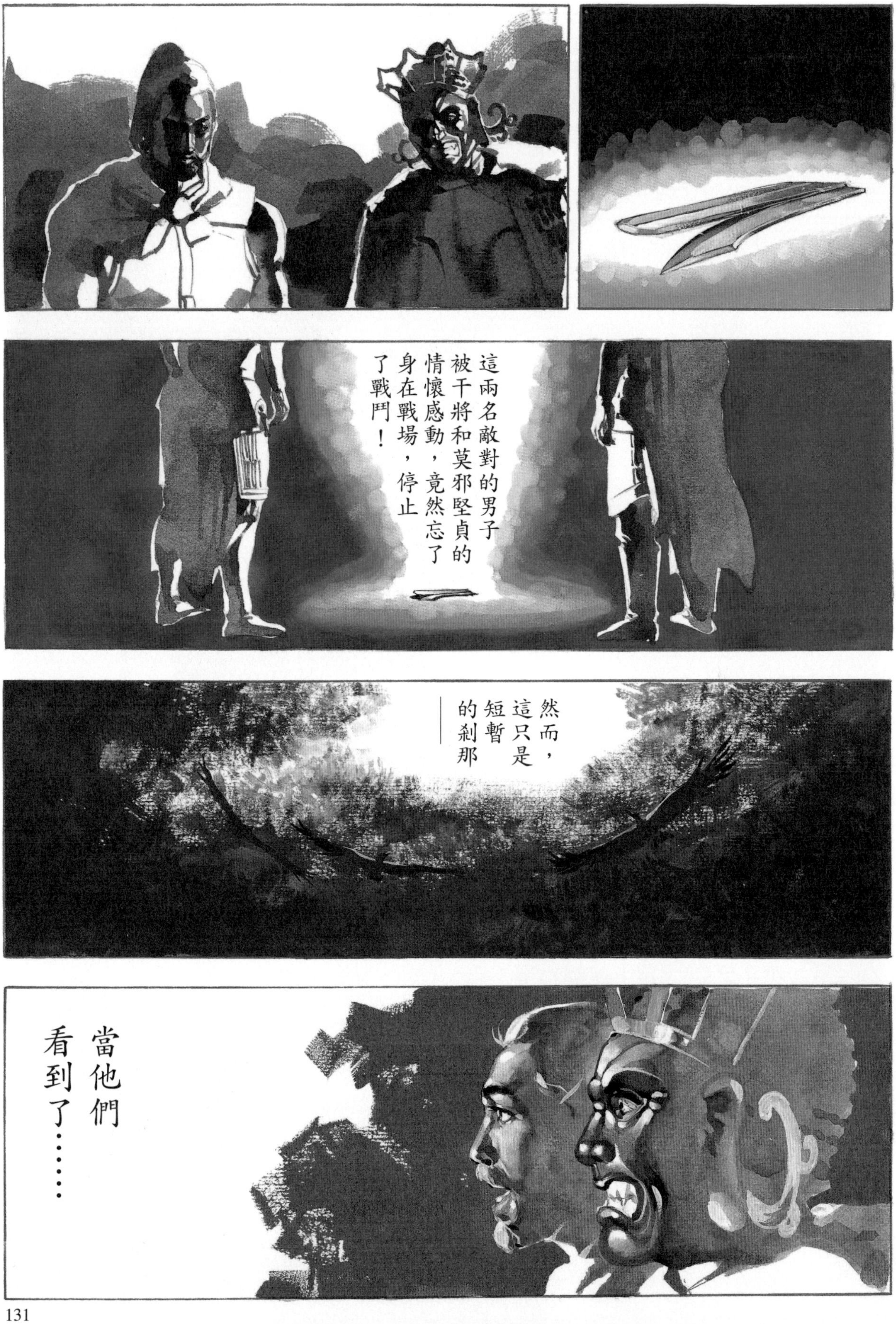
這兩名敵對的男子被干將和莫邪堅貞的情懷感動，竟然忘了身在戰場，停止了戰鬥！
然而，這只是短暫的剎那
當他們看到了……

雙方數十萬大軍，尚未戰死沙場的，只剩下他們兩人……。
咻！
殺了他，大遼不能在我手上留下敗績！
殺了他，大宋就贏得了第一場勝仗！
你死定了，摔角是我們遼人的拿手絕活！
呀！
哇！

碰
納命來！
碰！
少廢話，鹿死誰手還不知道！

咦？有條繩子，想必是誤入陷阱的獵戶留下的，
此刻不走，更待何時！
想走！沒那麼容易！
碰！

哼！
這下好了，誰也別想上去！
碰！
跟你拚了！
可惡！

你先放開，我們再打過！
少來！我可不是被騙大的！
老天！快叫這契丹狗認輸，我快受不了⋯⋯
可惡！這傢伙真能熬，鬥了一晚，還這麼有勁⋯⋯
啊哈，契丹狗，我的救兵來了，快放下刀子投降，我可饒你不死！
你是作夢，那是我的援兵！

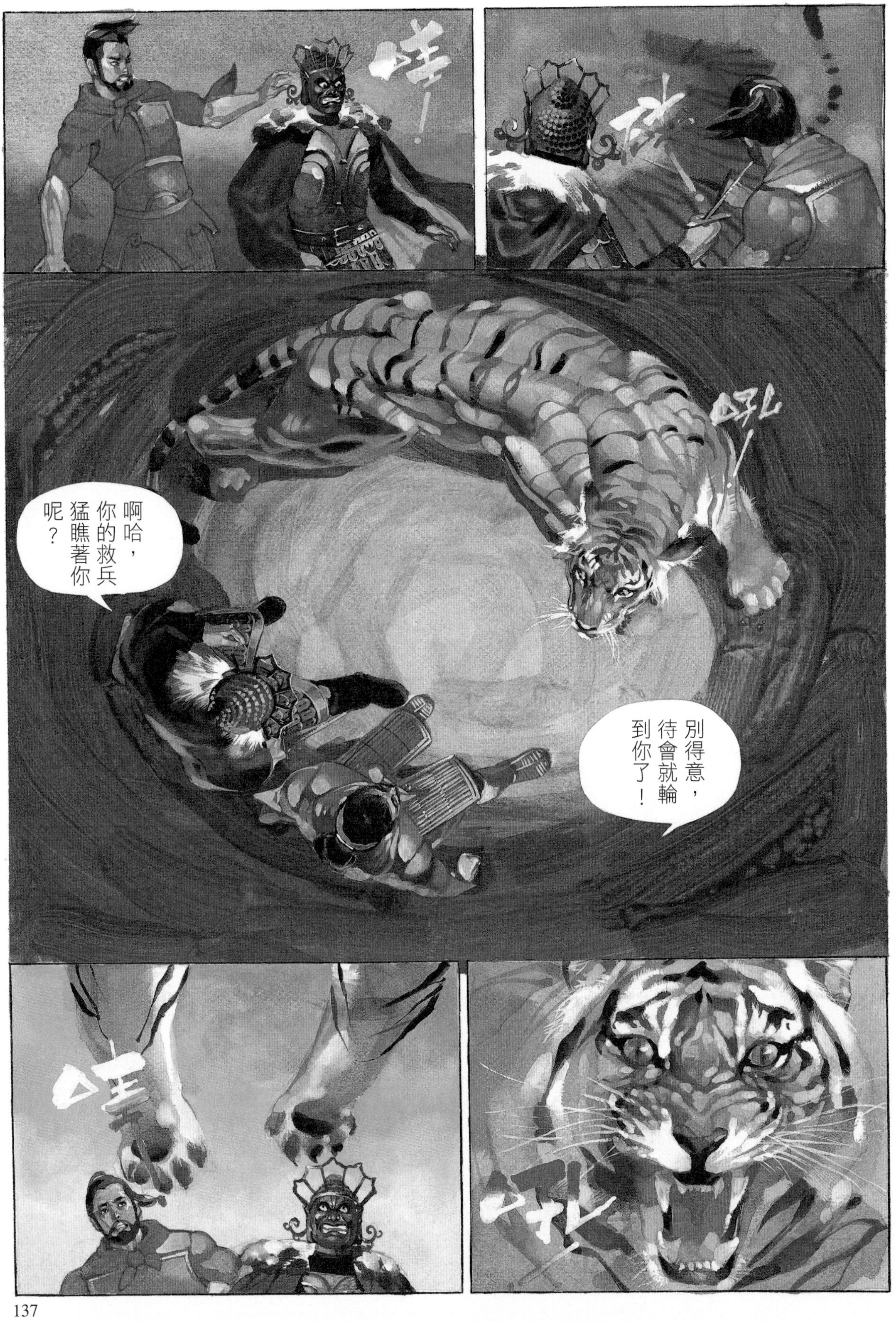
哇！
咻
吼
啊哈，你的救兵猛瞧著你呢？
別得意，待會就輪到你了！
哇
吼

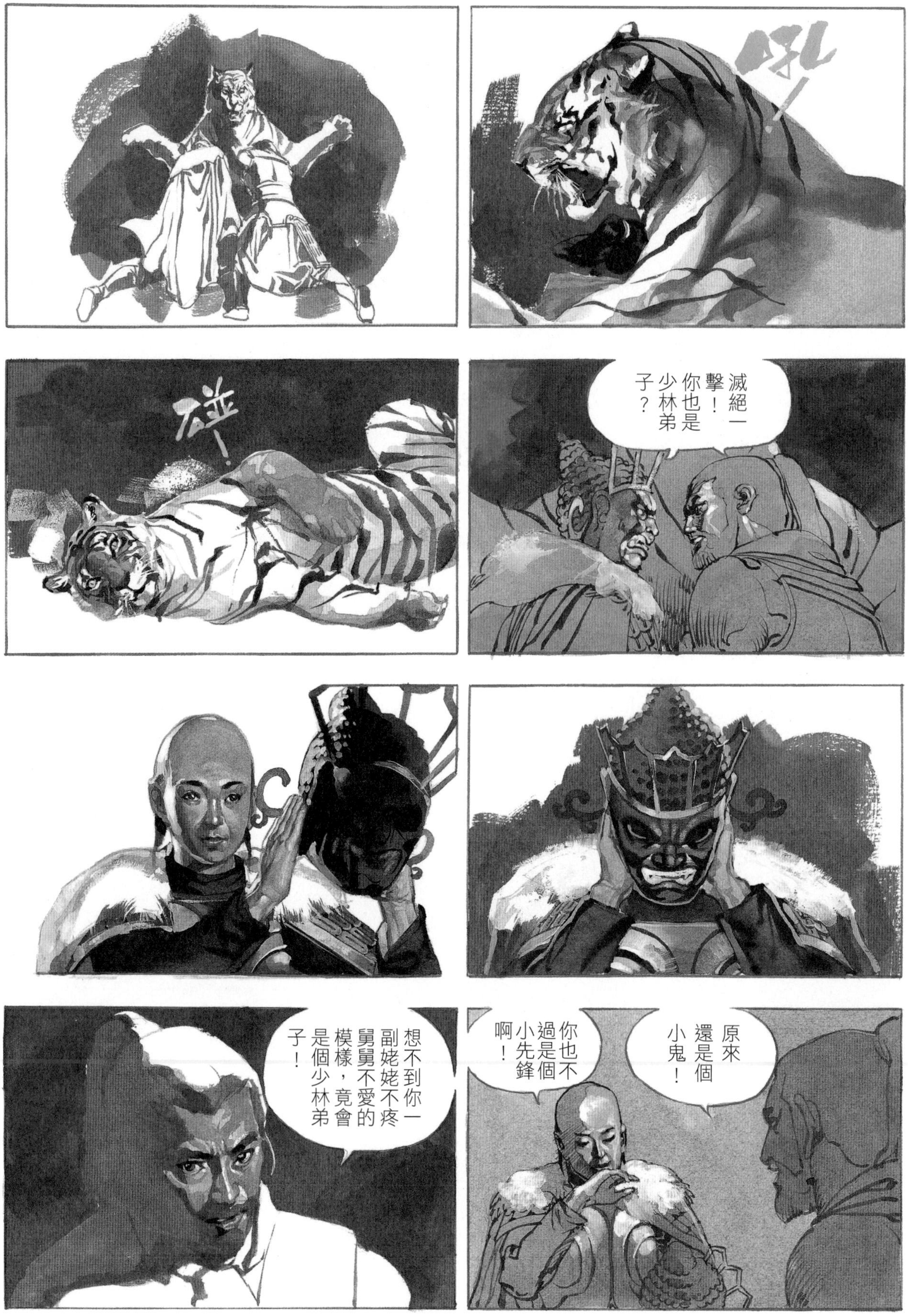
吼！
碰！
滅絕一擊！你也是少林弟子？
想不到你一副姥姥不疼舅舅不愛的模樣，竟會是個少林弟子！
原來還是個小鬼！
你也不過是個小先鋒啊！

哼！我十歲進少林習藝，今年春天戰事告急才回大遼！
是嗎？少林寺內那個老長眉你認識嗎？
當然無得大師正是我師父！
哈！這麼說來，咱們倒還是師兄弟，無得是我師叔！
真的？那個葱頭鼻是你師父？那你還記得少室山後那個長腿丫頭？
當然，我更記得她老哥的拳頭！
哈哈哈
唉！只可惜我們都出不去了！
放心吧，你們宋人的陷阱未必爬不出去！

好小子，看不出你還蠻有一套的！
你總算知道第一勇士和小光頭的差別了！
呼……。
呼……。
還要打嗎？
哈……。
小鬼，別死得太早，他日戰場再分高下！
大鬍子，擔心自己吧！下次我可不再留情！

保重啦！後會有期！
49、50
27、28、29……。
嘿……。

小子，身在戰場，你怨不得我！
嚐嚐我的百步穿楊！
見閻王去吧！
咻

這……怎麼可能……
他……他也是……神射手……。

你還記得少室山後那個長腿丫頭嗎……？
當然，我更記得他老哥的拳頭……。

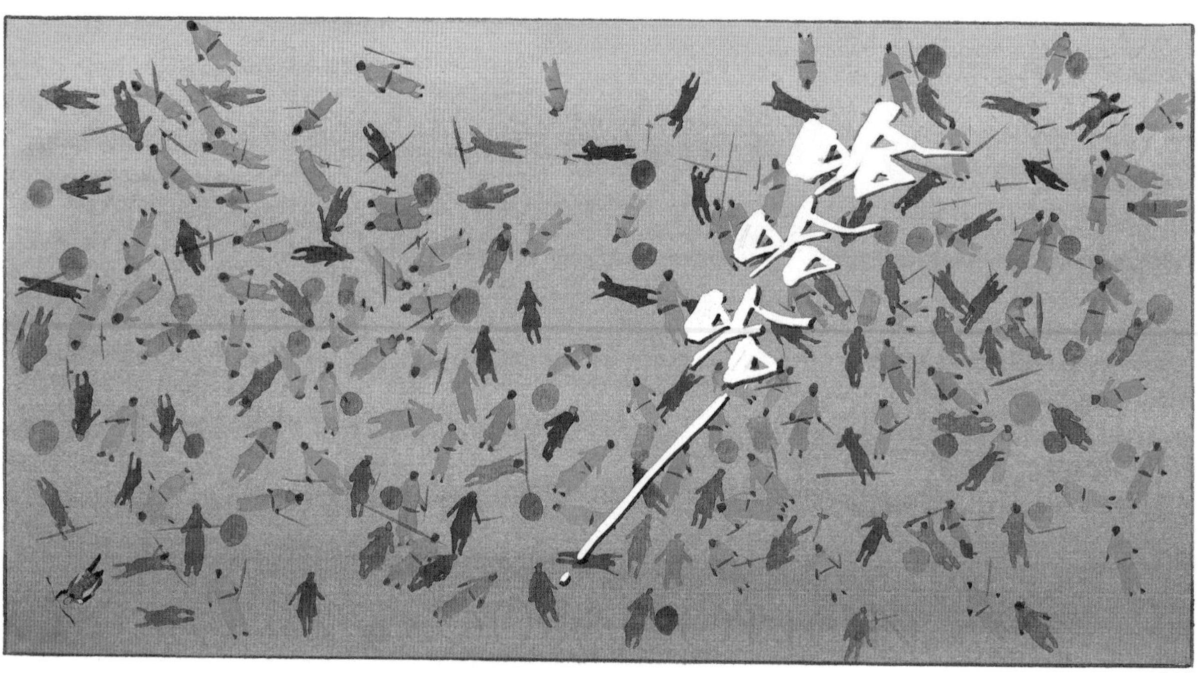
哈哈哈

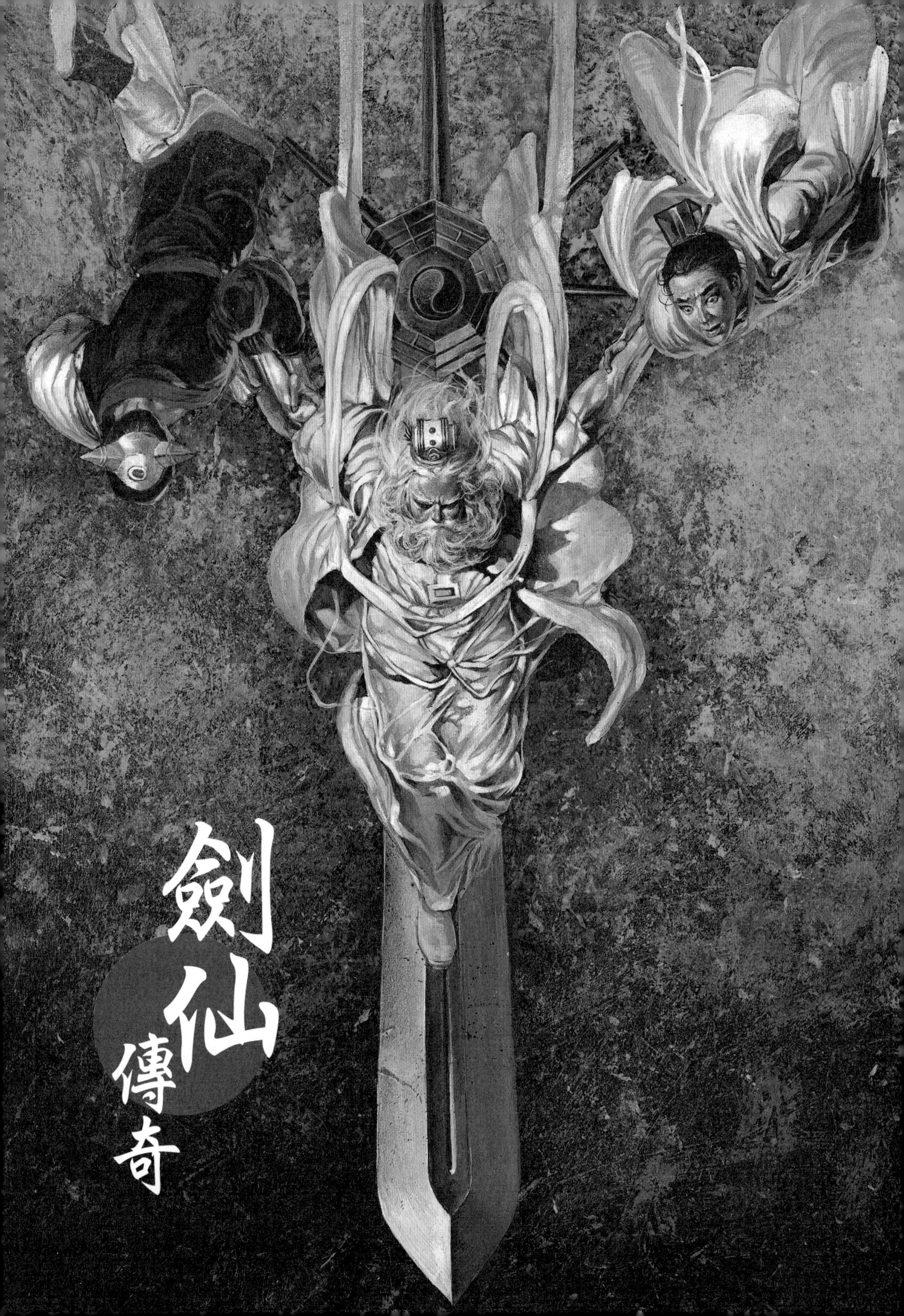
劍仙傳奇

阿明，我實在走不動了，你自己去吧！
阿木，振作點！我們可是千辛萬苦才來到這仙居之地！
不！我沒忘記我們當初學習仙術、衛道降魔的理想。
咳……可是再這樣下去，只怕我們根本到不了目的地！
石林

別說了！總之我不會留下你一個人！
阿木，你瞧瞧有尊好大的菩薩——

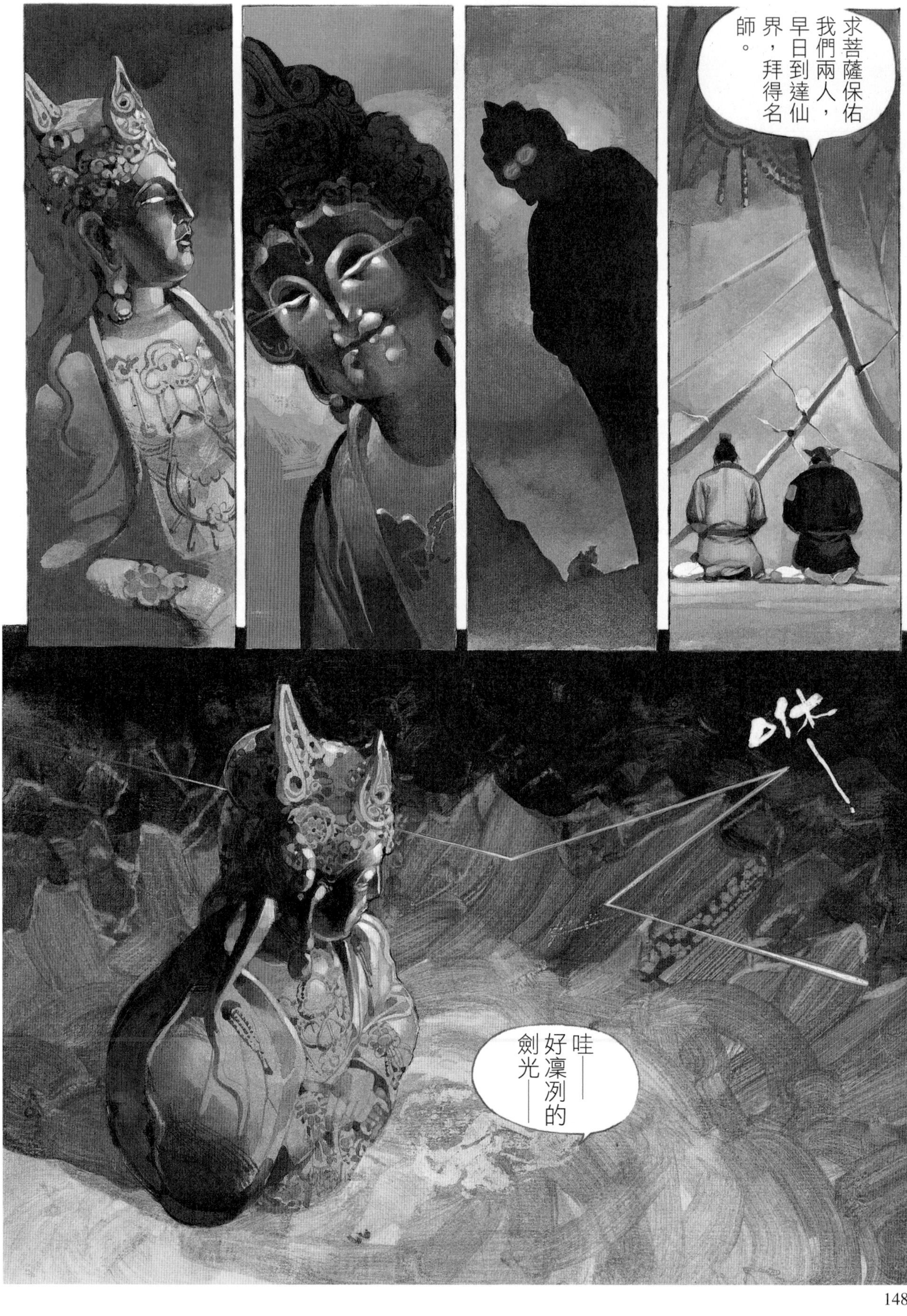
求菩薩保佑我們兩人，早日到達仙界，拜得名師。
咻——
哇——好凜冽的劍光——

小伙子讓開！
碰
劍仙！是劍仙！
劈
喝！

阿明你看有人從菩薩中飛出來！
想跑！沒那麼容易！

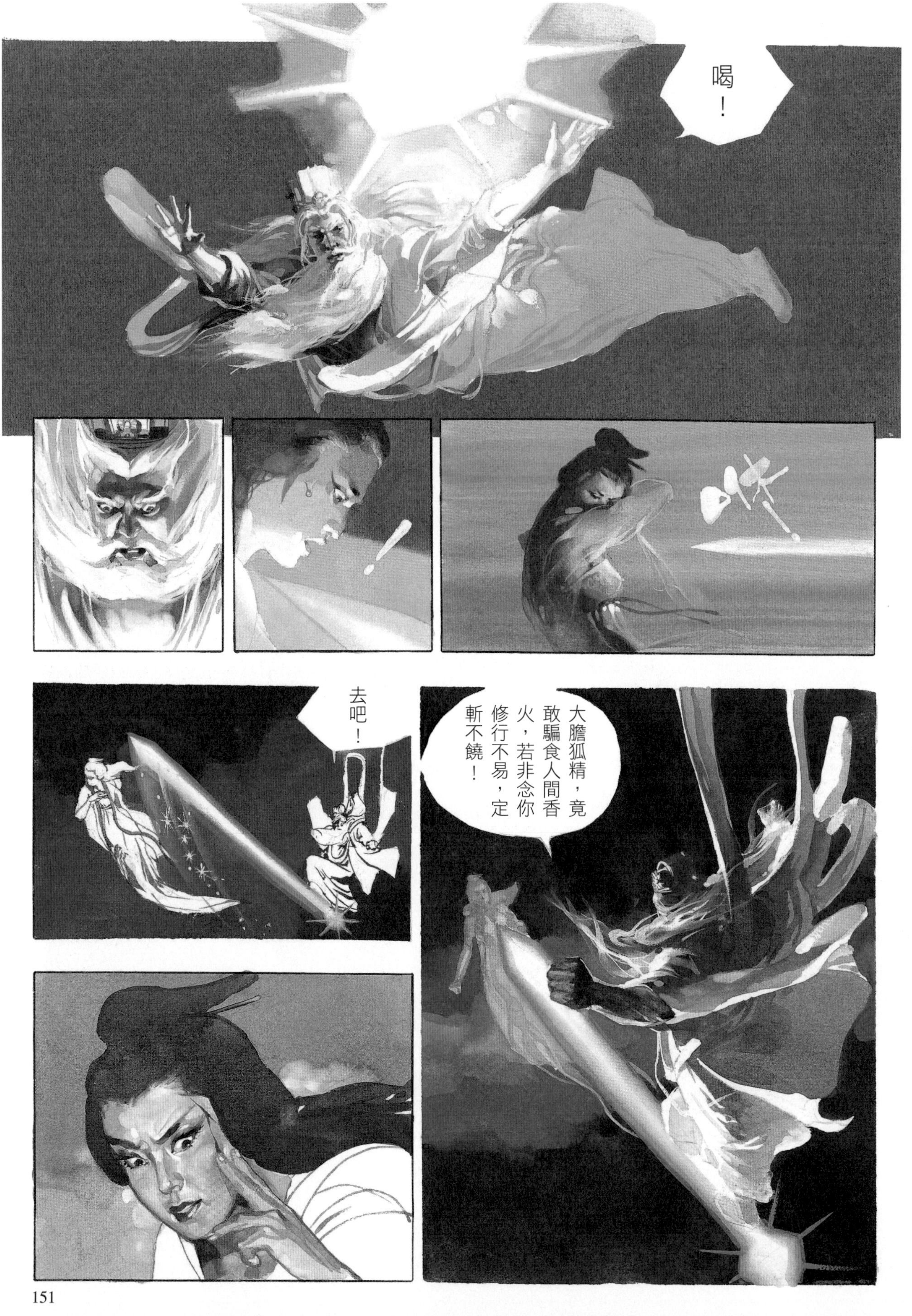
喝！
去吧！
大膽狐精，竟敢騙食人間香火，若非念你修行不易，定斬不饒！

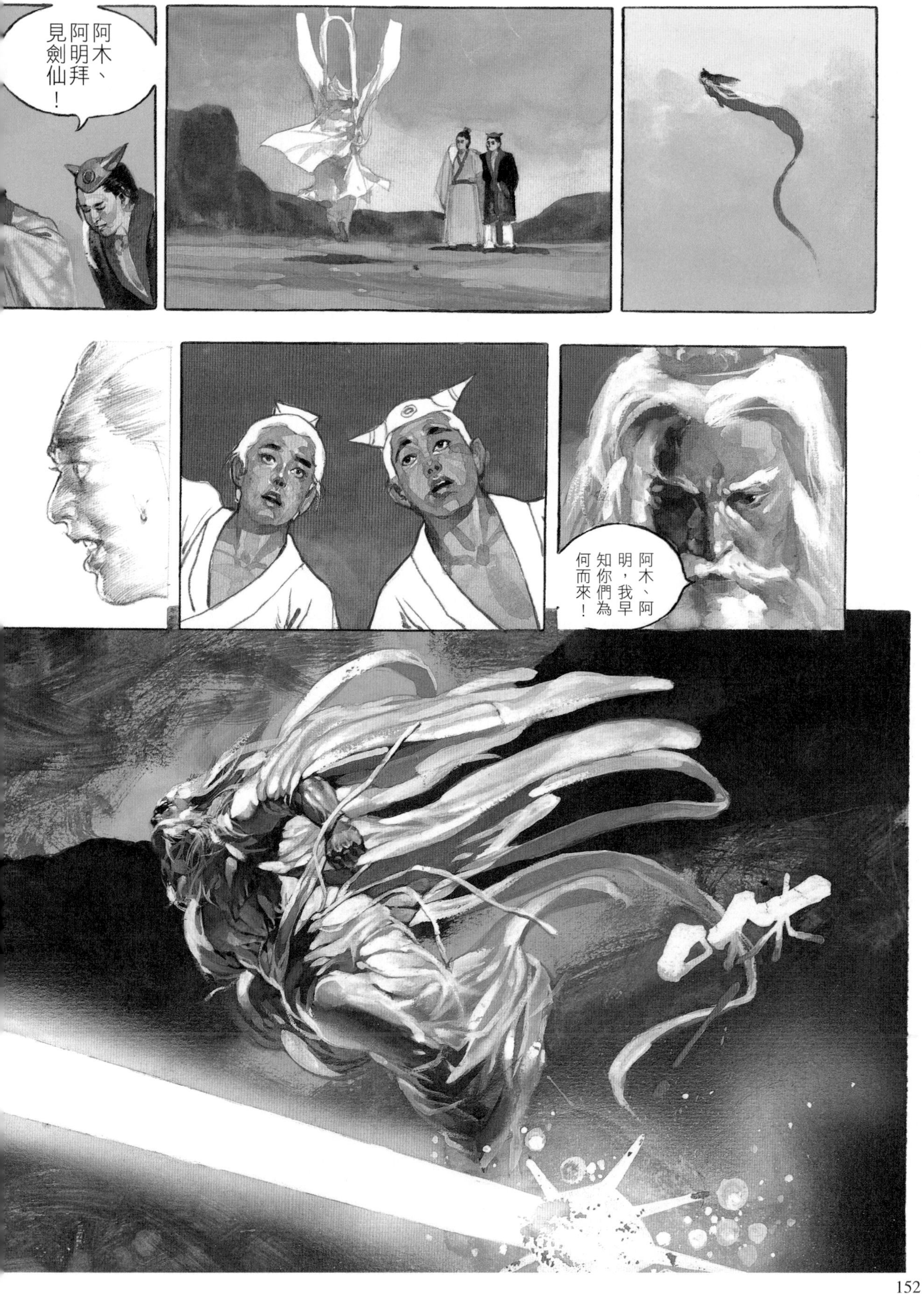
阿木、阿明拜見劍仙！
阿木、阿明，我早知你們為何而來！

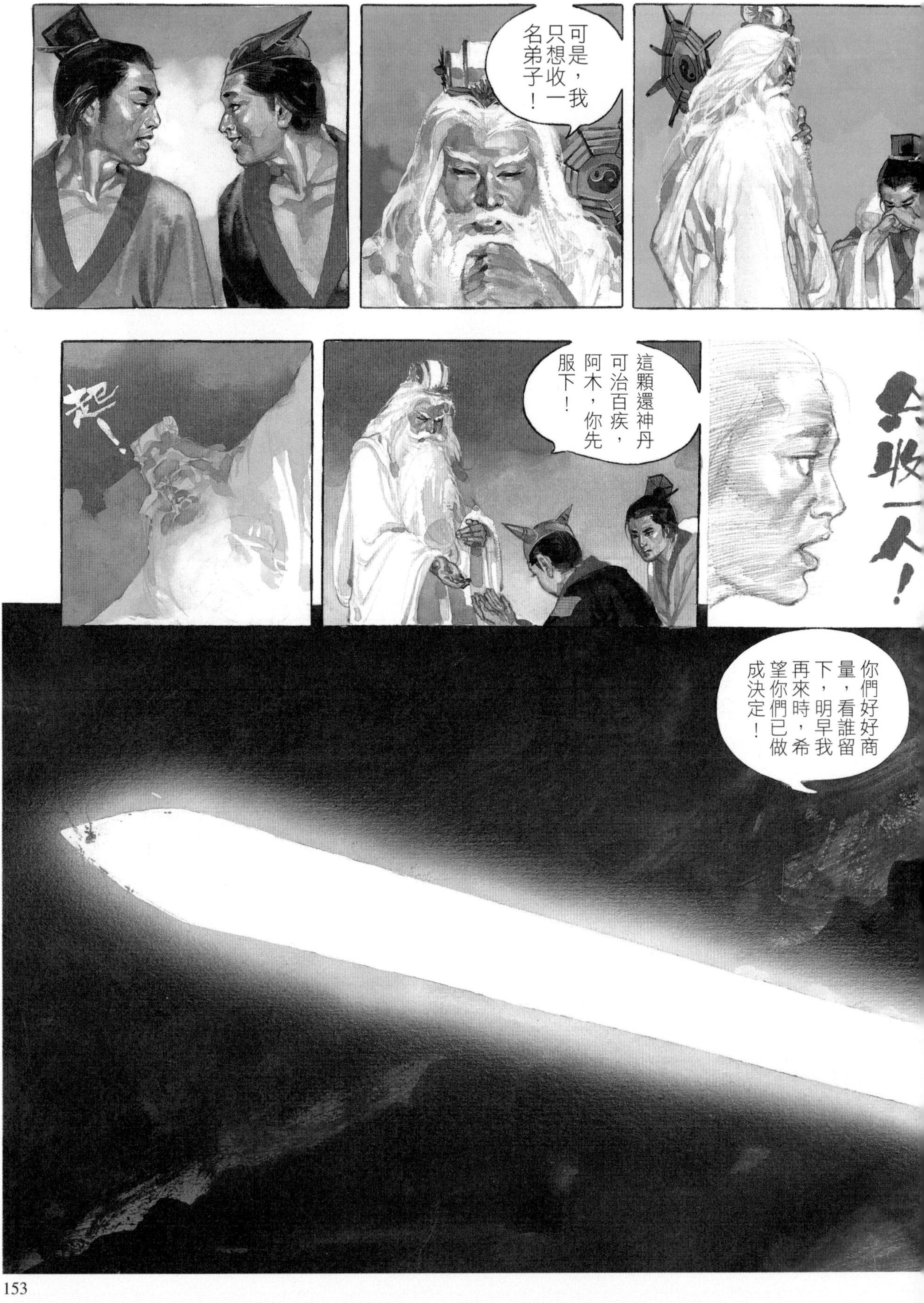
可是，我只想收一名弟子！
這顆還神丹可治百疾，阿木，你先服下！
只收一人！
你們好好商量，看誰留下，明早我再來時，希望你們已做成決定！

阿明，我肚子不太舒服，去方便一下！
……。
……。
阿明，從小你就處處讓我，這次該我讓你了——

沙
跑吧！阿木跑吧！阿明的資歷比你好——
沙
沙
跑得愈遠愈好，阿明才找不到你。
沙
跑吧！阿木，用盡力量向前跑吧！

咦？荒郊野外那來的跑步聲？
鬼……
難道是……

阿木，你怎麼……
阿明，你該留下來的！
哈……
啊！是劍仙！
好，好，難得你們這份可貴的友情。

怎麼回事！
米劍仙，看我用震魂鞭送你下地獄去吧！
可惡，料不到你竟然惡性不改！

嘶!
咻!
起

你們不要命了嗎，貿然挺身而出——
下次再有這種情形，你們別忘了先跟師父打聲招呼！
阿木，阿明，拜見師父！
哈……起來，快起來！

【紙上談兵 祕技公開】

編劇、分鏡、草稿、完稿

漫畫是用圖畫和文字以淺顯的方式表達某些意念和劇情，就形式而言，好像有固定的模式，但事實上，漫畫和其他藝術一樣，都可以是極為個人化的。

幾乎每一個漫畫家，在創作的路上都經過一番摸索，然後才找到自己的路，發揮自己的獨特風格，鄭問也是一樣。從黑白到彩色，再由彩色中找尋到民族色彩洋溢的彩墨，鄭問由中探索，試驗並獲得豐富的心得，對有興趣畫漫畫的朋友，他的製作漫畫方式，頗有值得借鏡之處。

如以本書中的漫畫為例，製作過程依序有下列四個步驟：故事大綱、分鏡表、草稿及完稿。

畫連環漫畫首先要有主題，也就是要有故事，而這個故事可以是自己「虛構」的，也可以取材自古籍或其他地方（小心，不可以侵害別人的著作權）。有了故事之後，即將這個題材以數百字的短文寫出來。鄭問寫故事大綱時，通常也將主角的人數和造型定下來（配角則邊畫邊想）同時決定開數和頁數，這樣在和刊物的編輯溝通時，可以比較具體有效率。如果不是要發表的作品，只是自己的習作，當然不必經過和編輯溝通這道手續。

俟大綱修正完成之後，鄭問的習慣是接著寫分鏡表，由於分鏡表要決定文字和畫面，所以花的時間相當多，一個長篇故事，鄭問可能要寫一分厚達數十頁的分鏡表，逐格將文字和畫面條列下來。

明確控制劇情發展的節奏是寫分鏡表的最大優點，但相對的，可能造成畫面不夠活潑的缺點。因為許多人在畫的過程中，隨興之所至偶有新意，可以推衍出一些原先沒想到的東西，如果完全

按照分鏡表，則無法任性揮灑。

依個人的經驗，鄭問鼓勵初學漫畫的人寫分鏡表，既可訓練編劇能力，又可避免因畫之前沒仔細想好細節，而流於散漫。寫劇本大綱和分鏡表是屬於正式繪畫前的文字作業，或許有人會認為自己缺乏想像力和編劇的能力。其實，這沒有太大的關係，能自己包辦所有的工作當然最好，否則可以與朋友討論，或找朋友協助編劇都無不可。

在分鏡表完成和正式著手畫之間，仍有一點必需注意：畫的是那一個朝代的故事？如果是虛構的，沒有明確時間背景的故事，畫時顧慮較少。如果是取材自歷史故事，則必需有若干考據工作，如了解當時人民的髮型及服飾特徵等，否則畫胡服卻來個寬袍大袖，豈不是鬧笑話。

當前述的準備工作都完成了，即可開始動手畫了。

一般漫畫作者都是直接在紙上完成作品，但鄭問是在宣紙上作畫，因此，他比別人多了一道畫草稿的手續，然後用製圖桌上的感光台，將草稿置於下面，宣紙固定於草圖上方，藉著燈光來白描，最後再於白描的宣紙上著色。

這樣的畫法與傳統的國畫畫法和規矩，似乎不盡相符，但這樣的畫法是為了更能適應漫畫之需的變通方法。像國畫是一紙一畫，而漫畫則是一頁往往要畫上五、六格，甚或十來格，其中只要有一格失敗，則前功盡棄，因此，耗時費事的畫草稿，是為了避免完稿時失敗，以節省重畫的心力和時間。

鄭問畫草稿時，先在紙上分格，決定分鏡表上每一格在紙上所佔的比例，精彩的重要的部份畫大格，不精彩不重要的則用小格，以最大的那一格來統一其他的小格，使畫面除了每一格均有最佳表現外，還能顧到整頁佈局的穩定和統一。

為了完稿時白描的需要，鄭問的草稿紙採用比較薄透光性也較強的普通速寫紙，筆用較利於修改的軟性B性鉛筆，從構圖，草稿到確定的線條，鄭問會修飾到完全滿意為止。

一旦草稿完成後經由透光台轉移為宣紙上的白描圖，接下來著色即是水墨技巧的表現了。

基本上，水墨漫畫與單幅國畫使用的紙筆和顏料沒有差別，不過，因為漫畫考慮到將來的印刷需要，因此鄭問使用的顏色頗為固定，也就是印刷後能保持最佳效果的顏色。至於顏料只要便宜、穩定性高用色彩好，都可以使用，不見得一定要用昂貴的國畫顏料。

著色時，關係作品成敗的最關鍵處，是如何把人物的臉部表情、眼神以及肌肉的張力等完整的展現出來。通常，鄭問畫人物是從眼珠、臉部皮膚、鼻、嘴開始畫，然後是手腳露出膚色之部份，最後才是衣服的染墨。整幅畫的順序，則依主角、配角及背景逐一完成。

看到這裡，你已經知道鄭問畫漫畫的一切「祕訣」，如果有心，你也可依樣畫葫蘆。不過，仍要提供給你一點鄭問的小祕密，他喜歡收集機器人和武器的模型，而且他還有木頭做的人體模型和一些立體的人物造型，這些實體有助於他繪畫時的造型設計和立體感，你也可像他一樣地仔細觀察實體，使表達的人物更生動有趣。

不過，無論鄭問告訴你多少都是紙上談兵，最重要的是，你要自己去探索、發現、走出自己的風格。所以，拿起筆，開始畫吧！（陳雪蓮／採訪）

not only passion
大辣

dala comic 030

刺客列傳 彩色典藏本

作者：鄭問
責任編輯：韓秀玫
美術設計：林家琪
法律顧問：董安丹律師、顧慕堯律師
出版：大辣出版股份有限公司
台北市105南京東路四段25號11樓
www.dalapub.com
Tel: (02)2718-2698 Fax: (02)2514-8670
service@dalapub.com
發行：大塊文化出版股份有限公司
台北市105南京東路四段25號11號
www.locuspublishing.com
Tel: (02)8712-3898 Fax: (02)8712-3897
讀者服務專線：0800-006689
郵撥帳號：18955675
戶名：大塊文化出版股份有限公司
locus@locuspublishing.com

台灣地區總經銷：大和書報圖書股份有限公司
地址：242新北市新莊區五工五路2號
Tel: (02)8990-2588 Fax: (02)2290-1658
製版：瑞豐實業股份有限公司
初版一刷：2010年1月
初版三刷：2017年4月
定價：新台幣280元

Printed in Taiwan
ISBN 978-986-6634-12-3